中国文学名家名作鉴赏精华

谢灵运诗文鉴赏辞典

文学鉴赏辞典编纂中心 编

上海辞书出版社

上海辞书出版社

《谢灵运诗文鉴赏辞典》

撰稿人：（按姓氏笔画排列）

刘学锴　汤华泉　孙　明　杜志强

杨　明　吴小如　宋绪连　陈志明

赵昌平　钟元凯　陶文鹏　臧维熙

熊　笃

目录

诗

文

前 言

谢灵运(385—433)南朝宋诗人,陈郡阳夏(今河南太康)人,移籍会稽(治今浙江绍兴)。谢玄孙。父亲去世时,他才四岁。幼时他寄养钱塘杜明师道馆,差不多十二年,故被族人称为“客儿”,世称“谢客”。袭封康乐公,又称“谢康乐”。公元399年,谢灵运从钱塘移居京师建康,这年他十五岁。在建康,他入住乌衣巷,与从叔谢混,堂兄谢晦、谢曜、谢瞻、谢弘微等游处,人称“乌衣之游”。这时他已颇有文名。在谢家十几个子侄辈中,他颇为突出,得到谢混的特别喜爱。《宋书·谢灵运传》说:“文章之美,江左莫逮,从叔混特知爱之。”谢混有诗回忆这段生活:“昔为乌衣游,戚戚皆亲侄。”

他喜好奢华,车服鲜丽,好臧否人物。后来的岁月里,谢灵运一定经常回忆起这段裘马轻狂的生活。他也一直记得谢混在带他们玩时说过的“风流由尔振”的话。在他心里风流不止是文采,也不止做人的潇洒放达,他认为名流应参时政,他需要做一番事业。曾祖父谢安,祖父谢玄代表了谢家的风流,他觉得自己应承担这个使命。

二十一岁这年他开始踏入仕途。公元405年他做了琅邪王司马德文的参军,408年入刘毅幕,412年入刘裕幕,413年随刘裕自江陵返京,入朝为秘书丞,414年坐事免秘书丞,415年入刘道怜幕,为谘议参军,后转中书侍郎,416年为世子中军谘议、黄门侍郎,418年,改宋国黄门侍郎,419年,改世子左卫率,因擅杀门人免官。420年,刘裕篡晋,降康乐公为康乐侯,再起为散骑常侍,太子左卫率,422年出守永嘉,423年称疾去职,426年入京为秘书监,428年解职,431年任临川内史,433年在临川遭察举,说他谋反,又拒捕,经过一连串动作,最后诏于广州行弃市。

在谢灵运从政生涯中,有一段经历对他很有影响。他结交了刘裕的次子庐陵王刘义真。当时刘义真不过十四五岁,谢与颜延之、释慧琳成为刘义真的"三友",过从甚密,情好异常。颜延之文学上有成就,与谢灵运齐名,慧琳是有名的高僧,但不能忘怀世事。刘义真看不起作为太子的哥哥刘义符,酒酣耳热之时,说什么一旦得志,便以谢灵运、颜延之为宰相,慧琳为都督的话。当有人责备他不该乱说时,他说:"这有什么,灵运空疏,延之隘薄,我不过随便说说而已!"说者无意,听者有心,谢灵运终生感念这位"知遇"。后来刘义符继位,他的宰相梦破灭了。

顾炎武《日知录》"文辞欺人"条说"古来以文辞欺人者,莫如谢灵运,次则王维。灵运身为元勋之后,袭封国公,宋氏革命,不能与徐广、陶潜为林泉之侣,既为宋臣,又与庐陵王义真款密"。然而政治上的不遇,加上他非凡的天赋,成就了他的文学事业。他是山水诗的鼻祖,开山水一派，自他以后，中国文学史上有了蔚为大观的山水田园诗。

谢灵运性好山水，在吴越山水间肆意遨游，发为诗歌，描摹景物，逼真细致，多有典丽清新、意境优美的佳句。钟嵘《诗品》把他列为上品。鲍照评论谢诗："谢五言如初发芙蓉，自然可爱。"(《南史·颜延之传》)汤惠休也认为："谢诗如芙蓉出水。"(《诗品》)他们使用了同一比喻，说明了谢诗鲜丽清新的特点是当时大家所公认的。今天看来，谢灵运在写山水时是饱含着深情的，达到了情景交融的效果，不乏耐人寻味的意境。《登池上楼》受到历代读者的赞赏，不仅因为"池塘生春草，园柳变鸣禽"这样的佳句，而且是由于通篇的情景交融。《过白岸亭》"近涧涓密石，远山映疏木。空翠强难名，渔钓易为曲"等句，把老庄哲学化入山水景色之中，由景涉理，进而引起荣悴穷通的感慨。

不可否认，探索总不会一下子就完美。一种新的题材，一种新的文学语言需要几代人的努力才能趋于完善。《诗品》说他登山临水"寓目辄书"，自然难以有许多精致工巧的名句。他常常采用赋铺陈排比的手法，又广泛采取典故，并致力于追求新奇，对于现代读者来说，会有艰涩险怪之感。他的情景交融还不够好，反映的生活还比较狭窄，这些问题都是存在的。刘勰说"宋初文咏，体有因革，庄老告退，而山水方滋。"(《文心雕龙·明诗》)谢灵运在很大程度上完成了玄言诗向山水诗的转变。他四十多篇山水诗的实践，为后来人提供了经验和启发，唐代的李白、杜甫、王维、孟浩然诸大家，都曾自觉地从谢诗中汲取营养。

本书是本社中国文学名家鉴赏辞典系列之一，选谢灵运山水诗45首，赋2篇，并请海内名家吴小如、赵昌平、杜志强等为每篇作品撰写鉴赏文章，或诠释文句，或发明妙旨，皆有助于读者朋友领略谢灵运诗文的风采。本书还编有《谢灵运生平与创作年表》，供读者参考。不当之处，尚祈指正。

上海辞书出版社文学鉴赏辞典编纂中心

二〇二四年五月

诗

悲哉行

原文

萋萋春草生，王孙游有情。
差池燕始飞，夭袅桃始荣。
灼灼桃悦色，飞飞燕弄声。
檐上云结阴，涧下风吹清。
幽树虽改观，终始在初生。
松茑欢蔓延[①]，樛葛欣虆萦[②]。
眇然游宦子，晤言时未并。
鼻感改朔气，眼伤变节荣。
侘傺岂徒然，澶漫绝音形[③]。
风来不可托，鸟去岂为听。

注

① 茑(niǎo)：一种蔓生植物。《诗经·小雅·頍弁》："茑与女萝，施于松柏。"
② 樛(jiū)：树木向下弯曲。《诗经·周南·樛木》："南有樛木，葛藟(lěi)萦之。"虆(léi)：藤蔓。
③ 澶(dàn)漫：纵逸的样子。《庄子·马蹄》："澶漫为乐，摘僻为礼。"

鉴赏

《悲哉行》属乐府旧题，传说为魏明帝曹睿所制，晋陆机等曾有同题之作，内容"皆言客游感物忧思"(《乐府解题》)。灵运这首诗即模拟陆作,无论在内容旨趣或在构思布局等方面均与陆诗妙肖不二,而在语言文字上却更见琢炼典重,表现了刻意求新的作风。

诗以丽景衬托哀情。首二句以春草起兴,语出《楚辞·招隐士》:“王孙游兮不归,春草生兮萋萋”,春天是万物萌发的季节,也最宜于怀人相思,青青的草色因此便逐渐成为离思的象征。楚辞之后,汉诗《饮马长城窟行》亦云:“青青河畔草,绵绵思远道”,唐以降“春草”更成为诗人们习闻熟见的典型意象,如白居易的“离离原上草,一岁一枯荣……又送王孙去,萋萋满别情。”李后主的“离情恰似春草,更行更远还生”等等。而在这一诗歌语言典型化的过程中,大谢无疑也是重要的一环。第三至第六句极写春光之旖旎动人。“差池”指燕子的张舒尾翼、轻捷穿行,“夭袅”写桃花的舒枝展叶、婀娜多姿,这两句是从形态上着眼的;“灼灼”指花色的绚烂鲜丽,“飞飞”写燕语呢喃,这两句又是从声色上着眼的。这四句虽然写的只是寻常之景,但由于讲究选词造句,却增色不少。它们均以联绵字居首,其中“差池”“夭袅”属双声,“灼灼”“飞飞”属叠字,两两相对,从而造成一种暄妍热闹的声情;而“差池”和“灼灼”又均用《诗经》成语,前者语出《邶风·燕燕》:“燕燕于飞,差池其羽。之子于归,远送于野……”,后者语出《周南·桃夭》:“桃之夭夭,灼灼其华。之子于归,宜其室家……”,《诗经》的这两首诗本来都是写亲人之情的,用其成语也就加强了反衬下文的意味。这四句中二、三两句紧承，一、四两句遥应，这种“丫叉句法”（钱锺书《管锥编》语）在烘染景物的同时，又有矫避平板之效。“檐上”“涧下”两句又把笔触移到山中，景色也从秾丽一变而为清幽。“幽树虽改观，终始在初生”两句，用名理语为写景部分作结。“终始”出于《庄子·达生》：“游乎万物之所终始。”“初生”则本于《庄子·天地》郭象注：“初者，未生而得生。”意谓春天里林木的形貌变化虽然较为着眼，其实造化万物也莫不都在潜移默化之中焕发出新的生命。物理人情，消息相通，由此从目击之景过渡到心之所感。

以下十句转入抒情写意。这一部分仍以比兴发端。“松茑”“樛葛”两句，取《诗经》中《小雅·頍弁》和《周南·樛木》的用语，以缠绕于松树、樛木上的茑藤和葛蔓，比喻家人亲密依存的关系。这两个取譬既上应了“幽树”，又反挑起下句的“眇然”。眇然，微细孤弱貌，这里指游子的茕茕独立。春光愈是骀荡暄妍，相形之下游子就愈发显得飘摇可怜，人与物乃在得不得时上形成了鲜明的对比。禽鸟花木因得时而生意欣然，游子因不得时而意绪阑珊，故面对春色不以为喜，反以为悲。“鼻感”“眼伤”两句，意同陆机诗中的“目感随气草，耳悲咏时禽”，“感”与“悲”“伤”同义互文。而下两句的“侘傺”和“澶漫”则属反义对举。“侘傺”指失意貌，屈原《离骚》：“忳郁邑余侘傺兮，吾独穷困乎此时也。”为其所本；“澶漫”则指纵乐之心，语出《庄子·马踶》“澶漫为乐”。两句谓失意的痛苦刻骨铭心，而纵逸快乐则早就与自己无缘了。“侘傺”和“澶漫”二词是以双声和叠韵相对，四字均为去声，从而传达出愤懑的心声。诗的最后亦以比兴结。末两句乃从前人化出，“风来”句本于陆机同题诗：“愿托归风响，寄言遗所钦。”这里是反其意而用之。“鸟去”句则略近于汉代的《别诗》：“欲寄一言去，托之笺彩缯。因风附轻翼，以遗心蕴蒸。鸟辞路悠长，羽翼不能胜。”古诗中素有临风送怀、托鸟寄音的说法，现在连此都不可得，则其郁结的情怀又何以堪！全诗在感情最激越的高潮处完成了题意。

大谢的这首诗，在语言上颇为精工密丽。诗中用联绵词有七处，从典籍中取成语者约十处，远较陆机的原作为多。文字的琢炼也每多胜处，如“桃悦色”“燕弄声”中的“悦”字、“弄”字，“松茑欢蔓延”“樛葛欣虆萦”中的“欢”字、“欣”字，都以拟人化的动词，着力写出景物的神情意态，形成了篇中有句、句中有眼的特色。从这里不难看出晋宋之际诗歌语言在形式技巧方面所取得的长足进步。

（钟元凯）

苦寒行

原文

岁岁层冰合，纷纷霰雪落[①]。
浮阳减清晖，寒禽叫悲壑[②]。
饥爨烟不兴，渴汲水枯涸[③]。
樵苏无夙饮，凿冰煮朝飧[④]。
悲矣《采薇》唱，苦哉有余酸[⑤]。

注

① 霰雪：雪粒和雪花。
② 浮阳：浮动的日光。张协《杂诗》："浮阳映翠林。"
③ 爨(cuàn)：生火做饭。兴：起。汲：打水。
④ 樵苏：打柴砍草之人。《史记·淮阴侯列传》："樵苏后爨，师不宿饱。"夙：素有的。飧：同"餐"。凿冰：见《诗经·豳风·东山》："凿冰冲冲。"
⑤ 采薇唱：指伯夷叔齐《采薇歌》。武王伐纣，伯夷、叔齐义不食周粟，在首阳山采薇而食，饿死之前作《采薇歌》："登彼西山兮，采其薇矣。以暴易暴兮，不知其非矣。神农、虞、夏忽焉没兮，我安适归矣？于嗟徂兮，命之衰矣。"酸：酸楚。

鉴赏

"苦寒行"是乐府古题，本为汉乐府《相和歌》之"清调曲"，其内容与诗题相吻合，写途中之艰苦情状。今存曹操、陆机、谢灵运等人《苦寒行》的主题均如此，曹诗"斧冰持作糜"、陆诗"渴饮坚冰浆"等，都用饥渴、酷寒等来烘托路途艰难。

谢灵运这两首诗是单纯的拟古乐府，还是另有寄托？由于作时难定，所以学人看法也有不同。马君骅认为，两首诗作于元嘉八年谢灵运赴临川途中，此时的他意识到前途不妙，故借以抒发内心的苦情（《汉魏晋南北朝隋诗鉴赏辞典》）。顾绍柏认为作于元嘉四年（427）（《谢灵运生平事迹及作品系年》），根据是："（颜）延之与陈郡谢灵运俱以词采齐名，而迟速悬绝。文帝尝各敕拟乐府《北上篇》，延之受诏便成，灵运久之乃就。"（《南史·颜延之传》）颜、谢二人奉敕作《北上篇》，而《苦寒行》别称《北上苦寒行》《北上篇》等，所以顾氏定于元嘉四年。相较而言，顾氏看法有一定理据。但其中还是有让人疑惑之处：即便《苦寒行》与《北上篇》同篇异名，那谢灵运奉敕而作之《北上篇》，肯定就是今见《苦寒行》吗？今见者会不会是后来所作呢？

我们暂且搁置疑虑，大致同意顾绍柏观点，认为这两首诗可能是应敕之作，是文人拟乐府；即便其间也有隐寓世路艰难之意，但创作的具体政治背景或动机则不好落实。文人拟古，其实也是学习、传承和发扬此前优秀作品的重要方式。就本诗而言，其传承之处，主要体现在意象和情感主旨上。意象如"雪"："纷纷霰雪落"，与曹操、陆机《苦寒行》之"雪落何霏霏""阴雪兴岩侧"相似；"冰"："岁岁层冰合"，与曹、陆之"斧冰持作糜""渴饮坚冰浆"相似；"禽"：

“寒禽叫悲壑”，与陆诗之“但闻寒鸟喧”相似。情感主旨上，如“苦”：谢灵运有“苦哉有余酸”，陆机有“慊慊恒苦寒”；曹诗之“哀”，陆诗之“鲜欢”，谢诗之“酸”，也极为近似。描写手法上，曹操“悲彼《东山》诗，悠悠使我哀”，谢灵运“悲矣《采薇》唱，苦哉有余酸”，都化用《诗经》之典。显然，这是谢灵运承续传统的模拟之作。

其不同点是，两首中的前一首诗押仄声韵，这与曹、陆二人之平声韵明显不同。押仄声韵应该是谢灵运的自主选择，他想表达特别有力度的、低沉的感情，于是选取了声调短促急降的仄声。但是，押仄声韵的诗从来都不好写，所以仄声韵的古诗一直都很少，篇幅长的就更少了。

一般而言，应敕之作很难寄托复杂感情。元嘉四年时，谢灵运从始宁调回建康，任秘书监，官居三品，虽然刘义隆对他仅仅“以文义处之”（《宋书·谢灵运传》），他心有不满，但那也只是在刘宋政权下的仕途蹭蹬，还不至于愤懑、愤激，更不一定要在应敕诗中去表达；在应敕诗表达自己对处境的不满，无疑是自讨苦吃。所以，其《苦寒行》之写行路艰难，应该主要是出于传统题材的影响。

当然，作为诗歌“声色大开”（沈德潜《说诗晬语》）时代的代表作家，即使是模拟，谢灵运也与曹诗之古朴、陆诗之繁密不同，关键就在于他绘景如画，将一幅冬日冰天雪地的、萧瑟甚至略带悲凉的图画推送到读者眼前。“岁岁层冰合，纷纷霰雪落。浮阳减清晖，寒禽叫悲壑”四句，写冰冻天地、霰雪飘零，雪雾中日光微茫，山谷间寒鸟哀鸣，这四组意象，组合成冬日行路的综合背景。醒目的意象感，是“声色大开”的时代效应，也是谢灵运的工笔锻造。

（杜志强）

述祖德(二首)

原文

太元中,王父龛定淮南[①]。负荷世业,尊主隆人[②]。逮贤相徂谢,君子道消,拂衣蕃岳,考卜东山[③]。事同乐生之时,志期范蠡之举[④]。

一

达人贵自我,高情属天云。
兼抱济物性,而不缨垢氛[⑤]。
段生藩魏国,展季救鲁民[⑥]。
弦高犒晋师,仲连却秦军[⑦]。
临组乍不绁,对珪宁肯分[⑧]。
惠物辞所赏,励志故绝人[⑨]。
苕苕历千载,遥遥播清尘[⑩]。
清尘竟谁嗣,明哲垂经纶[⑪]。
委讲辍道论,改服康世屯[⑫]。
屯难既云康,尊主隆斯民。

二

中原昔丧乱,丧乱岂解已[⑬]。

崩腾永嘉末，逼迫太元始⑭。
河外无反正，江介有蹙圮⑮。
万邦咸震慑，横流赖君子⑯。
拯溺由道情，龛暴资神理⑰。
秦赵欣来苏，燕魏迟文轨⑱。
贤相谢世运，远图因事止⑲。
高揖七州外，拂衣五湖里⑳。
随山疏浚潭，傍岩艺枌梓㉑。
遗情舍尘物，贞观丘壑美㉒。

注

① 太元：东晋孝武帝年号，376年—396年。王父：祖父，指谢玄。谢玄(343—388)，字幼度，陈郡阳夏(今河南太康)人，谢安之侄，谢灵运祖父。谢玄知兵善战，是东晋最优秀的将领，他组建北府军，指挥淝水之战、北伐中原，均获大胜。龛定淮南：指太元八年(383)的淝水之战，主要发生在淮河南岸支流淝水流域，战后谢玄指挥收复淮南寿阳一带。龛定，平定。龛，通"戡"。

② 负荷世业：即继承祖业。尊主隆人：尊崇王室，抚爱百姓。

③ 贤相徂谢：指谢安去世(太元十一年)；时谢玄尚在北伐军中。君子道消：指谢安去世后，司马道子、王珣、王珉、王宝国等人当权。拂衣蕃岳、考卜东山：指谢玄见朝廷小人当道，接连上书辞职，返回会稽的始宁庄园；庄园之东山，曾是谢安居地，有"高卧东山"之典。蕃岳：封地；蕃，通"藩"。考卜：占卜。

④ 乐生：乐毅。战国时燕国大将，曾率军攻下齐七十余城，燕惠王受反间计，猜忌乐毅，乐毅出走赵国。范蠡：春秋时越国大夫，他曾力助勾践灭吴，因担心不测，遂急流勇退，泛舟五湖经商。

⑤ "兼抱"句：指济世胸怀。"而不"句：即不染尘俗之习。

⑥ “段生”句：指段干木，战时魏国人，隐居不仕，魏文侯尊之为师；秦国本拟攻打魏国，但以魏文侯师事段干木，政声佳，所以未发兵。“展季”句：指展获(亦名柳下惠)，春秋时鲁国大夫，齐攻鲁，展获派人赴齐国劝止，齐国放弃攻打。

⑦ “弦高”句：即炫高犒师。炫高是春秋时郑国商人，他在半道遇见偷袭郑国的秦军，便随机应变，以牛犒秦军，秦将以为郑国已经觉察，遂放弃偷袭。谢灵运误记成“晋师”。“仲连”句：鲁仲连为战国齐人。长平之战后，秦军围攻邯郸；魏将晋鄙率军救赵，却胆怯畏战，并派辛桓衍劝赵帝秦。鲁仲连时在邯郸，他当面驳斥辛桓衍，完成“义不帝秦”的壮举。适逢魏公子无忌杀晋鄙，率军击秦，赵围遂解。

⑧ “临组”“对珪”两句：面对官印而不接受，即功成不受赏。组：指佩印之绶。绁：系。珪：玉器，古代封爵时皆赐珪以为符信。

⑨ 惠物：惠及万物，这里指有功于国。绝人：超迈流俗。

⑩ 苕苕：迢迢，遥远。清尘：清高的遗风。

⑪ 竟：终。嗣：继承。明哲：明智之人。经纶：这里指治国理政。

⑫ 委讲：委弃清谈。辍道论：停止玄谈。改服：改换服饰，这里指谢玄换上戎装奔赴战场。世屯：世难。屯，困顿，艰难。《周易》有“屯卦”，“刚柔始交而难生”，寓动荡、艰难之意。

⑬ “中原”句：指西晋后期发生的八王之乱。解已：休止。

⑭ 崩腾：动荡。永嘉：晋怀帝年号，307 年—312 年。永嘉年间，刘聪、石勒相继为乱，洛阳陷落，北方人民开启了南渡征程，史称“永嘉之乱”。逼迫：指前秦苻坚派兵不断南侵。

⑮ 河外：淮河以北。反正：回归正道，这里指回归东晋政权统治。江介：江畔，指沿长江一带。蹙圮：指国土日削。蹙，缩小。圮，塌坏。

⑯ 震慑：震惊恐惧。横流：乱流，喻指动乱。君子：指谢玄。

⑰ 拯溺：拯救溺水之人，这里指拯救黎民。语出《孟子·离娄上》“天下溺则援之以道”。由道情：沿着大道人情。龛暴：戡暴，平定暴乱。资神理：凭借卓越识见。资，凭借。

⑱ “秦赵”句：是说谢玄于淝水之战击败前秦，前秦百姓也渴望东晋军队解脱其苦难。秦赵：指前秦统治区，包括战国时期的秦、赵地区。来苏：盼望明君来帮助解脱苦难。《尚书·仲虺之诰》：“徯予后，后来其苏。”“燕魏”句：是说幽州、豫州、青州一带百姓渴望并入东晋政权。燕魏：指幽州、豫州一带。淝水之战后，这些地区脱离前秦

而独立建国。迟：等待。文轨：即书同文、车同轨，代指国家统一。

⑲ “贤相”“远图”两句：言谢安去世，诸谢受到排挤，谢玄统一北方的宏图也戛然而止。

⑳ 高揖：抱拳过顶作揖，表示辞别的礼节。七州：谢玄在平定黄河中下游以后，东晋朝廷加封谢玄都督徐、兖、青、司、冀、幽、并七州军事。拂衣：振衣而去，谓归隐。五湖：泛指湖泊，代指隐遁之所。

㉑ 浚潭：深潭。艺：种植。枌梓：榆木和梓木。谢玄回始宁后，开始了大规模地修治庄园。《水经注》载：“浦阳江自嶀山东北，迳太康湖，车骑将军谢玄田居所在。右滨长江，左傍连山，平陵修通，澄湖远镜。于江曲起楼，楼侧悉是桐梓，森耸可爱，居民号为‘桐亭楼’。”后来谢灵运再次修治，始宁墅的规模臻于鼎盛。

㉒ 尘物：尘俗之物，这里与山水田园相对而言。贞观：正视。《周易·系辞下》：“天地之道，贞观者也。”丘壑美：山林之美。

鉴赏

《述祖德》二首，顾绍柏、李雁等认为是元嘉元年谢灵运辞职永嘉、返回始宁后写的。谢灵运一出生，就被寄养在钱塘道士的道馆里，十五岁始回始宁，然后即赴建康，其生活的大多时间都不在始宁。因此，这次返乡，正是谢灵运继承祖业、缅怀祖先的好机会。他在祖父谢玄的基础上，进一步大规模地整治庄园，使谢家“始宁墅”终于成为“连古罗马帝国的大种植庄园相形之下也望尘莫及”（傅筑夫《中国封建社会经济史》）的罕见贵族庄园。也正是在这个过程中，谢灵运才能够更进一步地体会祖业得来之不易，进而更深入地认识到祖父的丰功伟绩。

谢氏家族、谢安及谢玄，确实有着让谢灵运顶礼膜拜的充足理由。谢安、谢玄分别为东晋名相和名将，是他们铸就了谢氏的鼎盛之基。谢灵运出生数月，谢安即离世，所以，其诗文中对谢安的赞颂不多，而对于祖父谢玄，只要提及，便必然会喋喋不休地大加赞扬。就这点而言，谢灵运与陆机极为相似，他们都有着强烈而鲜明的家族情结，这在六朝甲族子弟中也极为典型。

怎样才能最有效地陈述祖德呢？谢灵运抓住了两点，一是谢氏家风中济世胸怀与恬淡退隐人生取向的相辅相成，二是乃祖谢玄沧海横流、扫平中夏、都督七州军事的丰功伟绩。写出了这两点，其实就是很好地陈述了谢玄的德业。

谢氏子弟多数都有着恬淡退隐的人生取向，且文采出众者极多，这就形成了谢氏相对恬淡而擅长文学的门风；这与王氏子弟热衷功名、热情求进的做派是有鲜明差别的。当然，退隐不是不作为，而是等待合适时机，如谢安先高卧东山，后出仕，政声极佳；谢玄赢得了淝水之战的辉煌胜利，但北伐后却连连上书以求辞官。这样退隐与出仕的交织，形成了谢氏家风的鲜明特点。谢灵运用“高情属天云”“兼抱济物性”、“遗情舍尘物”“横流赖君子”两组相对的含义，来涵盖这一内容。

谢灵运还要拉来一些历史人物作为理论支持，如乐毅、范蠡、段干木、展获、炫高、鲁仲连等，他们都有救世济民的胸怀和能力，在重要历史事件中做出了突出贡献，然后有的拒绝封赏，有的拂衣五湖，体现出临财不苟、大义凛然的可贵品质。谢玄完全与之同调。淝水战后，他拒绝了朝廷“前将军、假节”的封赏，北伐停止后，最是躺在功劳簿上享受的时候，可谢玄却挂冠而还。谢家的始宁墅，真正开启于谢玄，而谢玄修治庄园的行为本身，也是拒绝做官的宣言。

除此而外，谢灵运肯定要极力颂扬乃祖功业。他从永嘉南渡以后的北方乱局写起。永嘉后期，北方各少数民族政权在经过兼并之后，剩下前秦一家独大。前秦国君苻坚雄心勃勃，率军南下，声势浩大，企图一统江南。东晋疆土也在逼迫之下日渐蹙迫，“河外无反正，江介有蹙圮”。这时候，车骑将军谢玄挺立其间，他带领新组建的北府军，在淝水阻击前秦军队，大获全胜，创造了以少胜多的著名战例，极大地丰富了中国军事史的内涵。可以说，淝水之战就是东晋的稳国之战，谢玄就是东晋的稳国柱石。谢灵运以“万邦咸震慑，横流赖君子”来赞美谢玄的中流砥柱之功。

淝水胜利后，谢玄趁胜逐北，收复北方广大领土。可不幸的是，谢安去世了，这是东晋谢氏家族发展的分水岭。陈郡谢氏之鼎盛与谢安关系莫大，其由盛而衰也是因谢安去世后朝中无人之故。之后，那些曾被谢安抑制的司马道子、王珣、王国宝等人当权，他们小人得志，不仅掣肘谢玄北伐，还下令终止了北伐事业。所以，谢灵运非常遗憾，他说“君子道消”，“贤相谢世运，远图因事止”，谢玄为之奋战数十年的宏伟图谋，就毁在了这些弄权者手里。谢玄隐忍着愤怒与不屑，也必然是看透了小人弄权的本质，他以健康为由，连上十余书，固求辞官。在始宁，谢玄“拂衣五湖里”“遗情舍尘物”，真正地远离了官场喧嚣，放逐了世俗物情，“随山疏浚潭，傍岩艺枌梓”，疏通水道，栽种树木，修治庄园。尤其是诗末一句“贞观丘壑美”，写谢玄在始宁的秀水青山中怡情养性，陶冶心灵。这不禁让人无限感慨。谢氏子弟有着亲近山水的基因，谢安高卧东山，谢玄修治始宁墅，谢道韫赋柳絮，谢混的“水木清华”，谢灵运、谢朓写山水，谢惠连赋雪，谢庄赋月，组合出著名的“谢家山水”，形成了鲜明的集群优势。而正是从始宁开始，谢灵运的山水诗，才以其鲜丽清新的风貌，赢得了空前的赏识，“每有一诗至京邑，贵贱莫不竞写，宿昔之间，士庶皆遍，远近钦慕，名动京师”（《宋书·谢灵运传》）。而这些，又何尝不是得益于乃祖谢玄“贞观丘壑美”的遗传呢！

（杜志强）

彭城宫中直感岁暮

原文

草草眷物徂，契契矜岁殚①。
楚艳起行戚，吴趋绝归欢②。
修带缓旧裳，素鬓改朱颜③。
晚暮悲独坐，鸣鶗歇春兰④。

注

① 草草：忧劳貌。《诗经·小雅·巷伯》："骄人好好，劳人草草。"《毛传》："草草，劳心也。"眷：眷念。物徂：物候迁序，指季节变换。契契：愁苦貌。矜：怜惜。岁殚：岁暮。殚，尽。

② 楚艳：楚歌。艳，歌曲的开头、引子。戚：忧伤。吴趋：吴曲。趋，节奏、节拍。《乐府诗集·相和歌辞序》："艳在曲之前，趋与乱在曲之后。"两句谓吴声（吴曲）、西曲（楚歌）皆奏感伤之乐。

③ "修带"句，犹古诗"衣带日已缓"之意。素鬓：两鬓的白发。朱颜：青春的容颜。

④ 鶗（tí）：鹈鴂（tí jué），杜鹃鸟。歇：停息。两句化用《离骚》："及年岁之未晏兮，时亦犹其未央。恐鹈鴂之先鸣兮，使夫百草为之不芳。"屈原本意是，年岁未晚，尚可有作为；只怕杜鹃过早啼叫，以致百花无法开放。谢灵运借此感慨一年将尽，事业无成，时光匆匆。

鉴赏

本诗作于东晋义熙十三年（418）岁末，谢灵运赴彭城劳军时（依据李雁《谢灵运研究》附录《谢灵运年谱》）。此前（义熙十二年），中军将军刘裕以彭城（今徐州）为基地北伐,攻克长安,灭后秦,取得了辉煌的胜利。这是东晋南朝唯一成功的北伐。就在即将扫平北方之时,心腹刘穆之去世,刘裕担心后方,遂班师回彭城。在彭城,他权倾朝野,图谋篡晋。次年,他受封宋公,杀晋安帝,基本完成了篡位前的准备。

十三年冬,34 岁的谢灵运以世子中军谘议、黄门侍郎之任,受晋安帝委托,前往彭城劳军,其实就是慰劳刘裕。对谢灵运来说,这是一个接近刘裕、增进关系的好机会。几年前,谢灵运曾任刘毅属官,在刘裕杀刘毅之后,谢灵运被动地担任了刘裕安排的官职。追随刘毅的六年,是谢灵运仕途难以言说的痛楚,非常微妙和别扭。可从刘裕委任谢灵运为中军谘议来看,刘裕对谢灵运还是比较信任的,至少没有多少提防。中军将军刘义符是刘裕长子,还是一个 12 岁的青春期少年,刘裕让谢灵运陪同其成长,虽非重用,但至少有信任在。晋安帝派谢灵运前往彭城慰劳,也应该是出于这个考虑。

彭城是四战之地,也是一个让谢灵运无限感慨的地方,因为这里曾是他祖父谢玄北伐的基地。太元八年(383),谢玄指挥淝水之战,取得大捷,然后他趁胜逐北,以彭城为大本营,横扫东齐,攻占了大片领土。正当他准备进取洛阳时,东晋朝廷却下令班师,谢玄无奈,留下了壮志未酬的憾恨。谢灵运在次年所作的《撰征赋》中,就热情歌颂了乃祖功业。因此,对谢灵运而言,彭城之行既是慰劳之旅,也是缅怀之旅。

一年将尽，彭城宫开始迎接新年，沉浸在歌声舞筵中。吴声将歇，西曲（楚艳）迭奏，一派热闹。可是，在这样的氛围中，值班的谢灵运却郁郁寡欢，“楚艳起行戚，吴趋绝归欢”，他听到的江南乐音满是哀情。为什么？从字面来看，他倍感忧劳憔悴，有着强烈的时不我待的忧虑。于是他写道：“修带缓旧裳，素鬓改朱颜。”长途的鞍马劳顿使他日渐消瘦，岁月的磨砺也使他渐染鬓霜，似乎旅途的疲劳还未恢复过来。当曲终人散、彭城宫复归安静之后，谢灵运向晚独坐，忧思伤心。“晚暮悲独坐，鸣鶗歇春兰”，显然，他还殷殷担忧：要是来年春天杜鹃鸟过早啼叫，春兰因此而不开，那该咋办？谢灵运是借楚骚遗意，以幽兰自喻；他对兰花不开的担忧，其实就是对自我价值能否实现的忧虑。

问题是，自我价值实现到什么程度，谢灵运才会满意呢？中军谘议和奉使劳军，显然都没能让谢灵运有任何的自我实现感。所以，他在诗歌里到处都表现着憔悴和忧虑。对一般文人而言，能陪伴世子成长、奉命出使，也算是较为理想的安排了，但偏偏谢灵运不是一般文人，他是一代名将谢玄的嫡长孙，自弱冠始即袭爵康乐公，且才华耀眼、才不世出，同时，东晋门阀政治又给了世族华胄以迅速升迁的特权，所以，谢灵运对功名有着极高的期待，他能满意的，只能是那些显赫而机要的职位，类似陪太子读书等，他都不看在眼里的。这样看来，那我们就能理解，为什么在歌舞声中，谢灵运却踽踽独行，倍感失落了。

我们还想从另一个角度来思考本诗的情感内涵。谢灵运在彭城的郁郁寡欢，会不会是起于他对刘裕权倾朝野、图谋篡晋的不满？此时的谢灵运还有另一个职位——黄门侍郎。黄门侍郎有相当分量，可以与侍中一起陪侍皇帝左右，“凡政之弛张，事之与夺，皆参议焉”（《旧唐书·职官二》）。作为皇帝的侍从和参议，谢灵运应该了解晋安帝对刘裕的担忧，他也应该能看出刘裕之篡迫在眉睫。对于这个曾经培育谢氏鼎盛的司马氏政权，谢灵运多少都会有感恩之情，或许，他此行既要顺承皇帝之命慰劳刘裕，也要帮忙皇帝探察刘裕。而当他看到彭城宫中刘裕的所作所为时，感受更多的还是司马氏政权的艰危。或许，这也是他殷忧满怀、郁郁寡欢的原因。

（杜志强）

邻里相送至方山

原文

祗役出皇邑，相期憩瓯越。
解缆及流潮，怀旧不能发。
析析就衰林，皎皎明秋月。
含情易为盈，遇物难可歇。
积疴谢生虑，寡欲罕所阙。
资此永幽栖，岂伊年岁别。
各勉日新志，音尘慰寂蔑。

鉴赏

谢灵运是晋代世家大族名将谢玄的孙子。在当时门阀制度下，他作为豪门世族的后裔，不仅拥有大量财产，而且政治上影响也很大。尽管宋武帝刘裕出身不够高贵，倚仗兵权在握才篡夺了晋室天下，做了皇帝，但他对当时的豪门世族还是要拉拢敷衍的。所以在刘宋开国以后，谢灵运虽未身居显要，却依然在朝任闲散官职，名气还是很大的。等刘裕一死，少帝即位，由于各派政治势力互相倾轧，谢灵运终于受到排挤，于永初三年(422)七月出任永嘉(治所在今浙江温州)太守。这首《邻里相送至方山》，便是写他离开帝都建康(今江苏南京)，于京城东面大约五十里的方山码头上船，与送行的亲友告别时的具体情景和思想活动的。方山，又名天印山，以山形如方印而得名。

四十多年前，我在北大听俞平伯先生讲授古典诗词，曾听到这样一个精辟的论点，即古今作家创作诗词，有“写”出来的，有“作”出来的。“写”指自然流露，仿佛从笔下随手挥洒而成，大约如苏轼所说的“常行于所当行，而止于所不得不止”；“作”则须精心刻意，字斟句酌。当然，“作”出来的诗词有时难免矫揉造作，有生硬的斧凿痕迹；而“写”出来的作品也难免有信笔敷衍的率意之作。根据俞老的意见来品评晋、宋之际的诗人，我认为不妨这样看：陶渊明的诗仿佛是“写”成的，而谢灵运的诗则十之八九是“作”出来的。盖陶诗平易近人，明白如话；而谢诗则比较浓缩凝练，精密谨严。我们也可以换个角度说，即陶是以散文为诗的，所以冲淡疏朗；而谢是以辞赋为诗的，所以工巧雅粹（谢诗多对偶，但不讲平仄，故虽近于骈俪却并非律诗，与齐梁以后之作还不一样）。陶诗是天然美，而谢则巧夺天工，多靠人力。读陶诗如散步于乡间原野，景色平常而得天真之趣；读谢诗则如置身于巧匠布置的园林，或面对堂皇秀丽的金碧山水，尽管带有人工雕饰的痕迹，却不易一眼望尽，有耐人寻味的特色。读者如囫囵吞枣或浅尝辄止，是不大容易领略其佳处的。半个多世纪以来，我们对谢灵运研究得并不够，因此评价也欠全面和公允。看来这方面我们还是有许多领域要深入细致地进行探索挖掘的。

前人谈谢灵运，都认为他是山水诗人之祖。而山水本自然景物，观赏者角度不同，思想感情每个人都不一样，同一风光，在不同诗人的笔下就未必面貌相同。所谓仁者见仁，智者见智。窃以为谢灵运写山水诗，贵在其善于用精美准确的词句客观地刻画出山水景物奇异而微妙之处，有似看细腻的工笔画。然而这种精心刻意的描绘，又与他一生复杂多变的政治处境和矛盾纠缠的思想感情有着千丝万缕的联系，所以同为山水诗，他的作品既不同于鲍照，也不同于谢朓。而谢灵运诗的真正特点，我却认为在于他能用深细的笔触来摹现其内心微妙的感情。即如现在要介绍的这首《邻里相送至方山》，就不是山水诗，而是一般的赠别抒情之作。表面上虽语多旷达，骨子里却是恋栈朝廷的，作者终于用凝练而微带生涩的语言把这一真实而隐曲的思想给勾画出来了。这就是谢灵运诗值得借鉴的地方。

此诗共十四句，前四句和中四句各成一小段落，末六句自成起讫，而这六句中，每两句又各为一层意思。其中最难讲的是中间"析析就衰林"四句，我个人认为，自闻人倓《古诗笺》至近人许多注本，几乎没有一位把它讲透了的。这里姑陈己见，亦未敢自以为必无舛误也。

开头四句写自己将出任郡守，因与邻里有旧情而不忍分别。"祗"，敬。古书多以"祗"字与"奉""承""仰""候"等动词连用，因知"祗"字亦涵有上述诸词之义。"役"，行役，指出任郡守是为朝廷服役。"祗役"，敬其职役，指郑重对待皇帝的任命,故须到官就职。“皇邑”,犹言帝都。第一句是说由于敬承王命而服役赴郡,故出京远行。第二句是说要去的目的地。永嘉在今浙江,古瓯越之地。“相期”的“相”,虽有互相、彼此之意,却不一定有对方存在。这里的“相期”只是期待、打算的意思。“憩”本是休息、止宿,这里用得别有含义。作者到永嘉是去做官的,不是去度假的,到任之后,根本谈不到“憩”,而应该是勤于公务。而作者却用了个“憩”字,言外之意,作者被朝廷外迁并非受重用,而是投闲置散;而作者本人也并不想在外郡有所建树,只是找个偏僻地方休息休息。这就是下文“资此永幽栖”的“根”。“资此”,借此,利用这次机会;“永幽栖”,长期栖隐起来。把做官看成“幽栖”,并且想长此以往地生活下去,这就是反话,就是牢骚。事实上,谢灵运本人原是不甘寂寞的。

接下去,作者写船要解缆启程了。“及流潮”,趁着涨潮的时候。这句是说自己要离京出发了。但第四句又一转,说由于怀念亲旧而不忍离去,所以一时还未能出发。这种欲行又止的描写并非纯粹指行动,因为船终于还是解缆出发了;而是写心理活动,即该走了却不想走,不想走又不能不走。表面上是与邻里亲友依依不舍,实际上是对“皇邑”的恋栈。读下文自明。

以上是第一小段,下面四句是第二小段。“析析”二句是写实,也是比兴。这时船已前行,途中所见,应为实景;

但与“含情”两句相连，则又属比兴了。“析析”，风吹树木声。“就衰林”，叶笑雪《谢灵运诗选》注云：“就，迎面而来。岸边的树林是静止的，江上的船则顺风随流急驶，在船中看岸上的树林，不觉船动而只看到树林向自己走近。”这个讲法颇具诗意，但不一定确切。依叶说，“就衰林”的“就”主语应为船，应为乘船人；而叶的解释却成了倒装句，成为“衰林”迎面而来，其本身逻辑已觉混乱；如与下文对举，则“皎皎”与“明”皆“秋月”之形容词，除“析析”与“皎皎”为对文外，其他词语并不严格对仗。且“衰林”亦为不词，不能同“秋月”相提并论。鄙意下句既点出“秋”字，则上句亦为秋景无疑。而谢灵运出京赴郡是在422年农历七月，虽交秋令而木叶尚未衰枯。这时就把树林称之为“衰”，似乎不确切。故应读为“就衰林”始合。“就衰林”者，已经出现衰的迹象、向着衰的趋势发展之林也。耳之所闻，乃析析风吹木叶之声，感到又是秋天了，原来葱翠的林木从此又要日就衰枯了；而目之所接，却是皎洁明亮的秋月。作者动身的当晚是七月十六，正值月圆，故为写实。这与第一小段实际已有一段间隔，即跳过了船已解缆，人已离岸的阶段，而写途中景物了。“含情”二句，旧注多讲成作者自谓，而把“遇物”的“物”讲成林和月。我则以为，此二句乃逆承上文，“含情”句是说“月”，“遇物”句是说“林”，但同时又是借外景以抒内情，实质仍在写自己思想感情的变化感受。夫七月十六正月盈之时，因之作者联想道：由于月亦含情，尽管它经常有亏缺晦暗之时，而每月总要盈满一次，看来这也并非难事。正如多情之人，一有悲欢离合，感情自然流溢，这也是一种不能自制的表现。即如自己之迁离皇邑，远赴越瓯，虽已成行，犹“怀旧”而“不发”，这也正是情不自禁，“易为盈”的表现。而“遇物难歇”，即《韩诗外传》所谓之“树欲静而风不止”，“物”指“风”，乃承“析析”句而言，指林木之声析析，正因风吹而不能自止。亦如自己本不欲迁外郡，而朝命难违，身不由己，欲罢不能，只好扬帆上路。旧注或将景语与情语割裂，或引老庄之言而故求艰深，恐皆无顺理成章之妙。若依鄙说，则因实而入虚，见景而生情，转折亦较自然，层次似更清楚。故不惮辞费，析言之如上。

最后六句，在全诗为第三小段，就题意言是点明与邻里告别之主旨，即作为诗之结尾。但中间每两句为一层。“积疴”二句从自己说起，“资此”二句既与赴郡相关联，又同来送行者相呼应。最后“各勉”二句看似与邻里赠别的套语，实将自己留恋京都、不甘寂寞之意“不打自招”式地点出。有人认为谢灵运的山水诗每于结尾处发议论，成为无聊的尾巴，而这首诗恰好相反，正是从末两句透露出作者深藏于内心的底蕴。先说“积疴”两句。上句说由于自己多病，因此对人生的考虑已力不从心，只能“敬谢不敏”，言外说一切听从命运安排，爱把我怎么样就怎么样吧。下句说自己本淡泊于名利，没有什么欲望可言，因而感觉不到自己有什么不满足的地方。言外指自己由于身体健康状况不佳,又不想贪图什么,因此留在朝中也罢,出任外郡也罢,反正都无所谓。看似旷达,实有牢骚。于是接着说到第二层,他认为此次出任永嘉太守,倒是自己借以长期隐蔽、不问世事的好机会,看来同皇帝、同都城以及在都中盘桓甚久的邻里们,都将长期分手,不仅是分别一年半载的事了。其实这两句也暗藏着不满意的情绪,言外说皇帝这次把自己外迁,大约没有再回转京都的希望了。其患得患失之情,真有呼之欲出之势。而结尾两句,上句说我们要彼此互勉,都能做到"日新"的水平,以遂此生志愿。"日新",《周易》屡见,如《大畜》云:"日新其德。"《系辞上》云:"日新之谓盛德。"又《礼记·大学》引汤之盘铭云:"苟日新,日日新,又日新。"都是进德修身之意。下句则希望亲友们经常沟通消息,只有经常得到信息,才能慰我寂寞。"寂蔑",与"寂灭"同,也是岑寂、孤独的意思。这两句也属于无形中流露出自己恋栈京都、热衷政治的思想感情的诗句。试想,一个人既已"谢生虑""罕所阙"而且打算"永幽栖"了,还"各勉日新志"干什么?他认为只有京城中的亲友邻里有信来,才能慰其"寂蔑"之情,可见他所说的"永幽栖"只是牢骚而并非真话。从而我们可以这样说,作者的真实思想感情是并不想离开帝都建康,可是在诗里却说了不少故作旷达、自命清高的话;而恰好是在这种故作旷达、自命清高的诗句中透露了他对被迫出任郡守、不得不离开京城的牢骚不满。这既是谢灵运本人特定的思想感情，而且也只有谢灵运本人的诗才，才写得出他这种特定的复杂矛盾的思想感情。我以为，只有从这种地方入手，才会真正理解谢灵运及其脍炙人口的山水诗。

（吴小如）

过始宁墅

原文

束发怀耿介，逐物遂推迁。
违志似如昨，二纪及兹年。
缁磷谢清旷，疲苶惭贞坚。
拙疾相倚薄，还得静者便。
剖竹守沧海，枉帆过旧山。
山行穷登顿，水涉尽洄沿。
岩峭岭稠叠，洲萦渚连绵。
白云抱幽石，绿篠媚清涟。
葺宇临回江，筑观基曾巅。
挥手告乡曲，三载期归旋。
且为树枌槚，无令孤愿言。

鉴赏

始宁，今浙江绍兴市上虞区。其墅为谢灵运之祖晋车骑将军谢玄所建。灵运《山居赋》自注云："余祖车骑建大功淮肥(指淝水之战)，江左得免横流之祸。后及太傅(谢安)既薨，远图已辍，于是便求解驾东归，以避君侧之乱，废兴隐显，当是贤达之心，故选神丽之所，以申高栖之意，经始山川，实基于此。"可见始宁故宅，对少年时即袭封康乐公的诗人来说,既是祖上勋业的象征,又是先人明达的标志。所谓"废兴隐显,当是贤达之心。"正说明了这两重意义。

永初三年(422),灵运因徐羡之挤排由京师外放永嘉(治今浙江温州)太守,其初,他的心情是怨愤的。"生幸休明世,亲蒙英达顾。空班赵氏璧,徒乖魏王瓠。"(《初发都》)他深憾未能报谢庐陵王刘义真的赏识,故自叹美质如和氏之璧而无所用其才,远图如魏王的五石之瓠般大而无当。对于去国远游,更是留恋难舍,以至"解缆及流潮,怀旧不能发"(《邻里相送至方山》)。然而这种悱恻的感情,对于家世簪缨,自许王佐之才的诗人,虽然真诚,却并不相宜。到他买舟南下,途经始宁故宅时,先祖的功业激起了他自傲自重之心,而他们肥遁以避祸的睿智,又仿佛向他昭示了抗俗明志的途径。《过始宁墅》诗主旨是说要退隐以遂素志,而骨子里却是对政敌,甚至是对他并不真正服膺的,出身寒微的刘宋王朝的傲视。这也是谢客之归隐与陶潜之退身不同的个性特征。

全诗分三个层次,"束发"句至"还得静者便"是第一层,反复剀陈自己的心志。"剖竹"句至"筑观基曾巅"是正写过旧宅,理旧居。"挥手"以下四句表明一旦任满,将隐遁故山的愿望。

从元兴年间(402—404)初仕至遭贬作诗时(422),谢客由弱冠少年而将近不惑,这将近"二纪"(一纪十二年,此举成数而言)的岁月,是人生中风华正茂的时期。而对“自谓才能宜参权要”(《宋书》本传)的诗人来说,却偏偏独多坎坷。刘裕势力日盛,对晋室功臣的谢家来说本已是一个厄运,偏偏他在变幻不测的政治风云中又一而再,再而三地“站错了队”。他先从刘裕的政敌刘毅为记室参军,结果刘毅被诛,灵运的叔父兼导师谢混也以首逆而同时及祸,他本人虽幸免难,但已难获信任,刘宋代晋后,尽管他早已名高当时,但只是被帝王视作文学侍臣。刘裕病笃,继嗣之争顿起,他瞅准了二皇子刘义真,谁知又错了;少帝即位,义真被挤到历阳,好友颜延之出放始安,他则外贬永嘉。二十年如花岁月蹉跎而过,无穷感慨遂因故宅的触发,冲涌而出,遂发为诗中首八句的感慨。他反复陈说自己少怀耿介坚贞之志,误入官场,实有违于初志而沾染了尘垢,这当然是有感于先祖高栖远祸的明智而言的;但是因为实际上这二十年是他功业追求的失败,青云之志的摧折,所以他所说的“清旷”,就不能像乃祖功成身退时的志满意得,平和恬宁。从诗中所说二十年前初仕景状恍如昨日之中;从他用汉代名臣汲黯戆直拙于为宦而多挫折之典中,不难看出他那“清旷”之下的幽愤。所谓“拙疾相倚薄,还得静者便”,表面说的是拙宦与疾病给了自己归根复命,静居山墅,以遂初志的便利;而实际上却是这位“静者”内心不平的微妙流露。这种有激于先祖勋业与素德而以清旷出之的幽愤,是全诗一以贯之的意脉,它流注于第二层次的景物描写中，最后停蓄为第三层次那敬告乡亲，三载任满后将还山归隐的誓愿。这个誓愿发得很毒，《文选》本诗李善注云："《左氏传》曰：'初，(鲁)季孙为己树六槚于蒲团东门之外。'杜预(注)曰：'槚，欲自为榇(棺木)也。'吕向注曰：'枌槚，木名。谓乡人云：为我树此木于坟之上，无令孤(辜负)我所愿之言。'"预想归隐，而竟说到了要死后归葬，誓愿越重，不正愈见出其心中的怨愤之深么？

全诗最可注目处有二：一是记游写景，前人都摘评"白云""绿筿"一联的幽美，因谓谢诗多秀句而少全篇，其实不然。这二句之所以为佳，更重要的原因倒是在全景所显示出来的象中之意。诗人帆沧海，过旧山，山行曲折，水涉沿洄，历经重重叠叠的山岩峭壁与连绵萦环的水中洲渚，真所谓是重重掩抑，步步屈曲。正在"山重水复疑无路"之际，而突然"柳暗花明又一村"，眼前出现了一派崭新的明丽景象；洁白的云絮抱护着向空壁立的幽峭山岩，而山下清波涟漪，翠绿的蔓藤临岸袅娜，似少女的青丝，照镜自媚。这景象清丽中有着一种孤高之气，正渗透着诗人经历仕途风霜，企望故宅一憩心境，也正体现着他负才自傲，孤芳自赏的性格特征。论者常云陶诗景中有人，谢诗景中无人，其实又不然，细味谢诗，无一不有其人格在，只是陶诗景淡意显，谢诗则语丽情晦。刘勰《文心雕龙》拈出"隐秀"一词状六朝诗风，其源头正在谢客。

诗的又一佳处是结构，全诗以大段议论抒清旷幽愤之思起,气势鼓荡,复潜注于精美绝伦的景物描写中,最后又由隐而显,发为誓愿,由显而隐之间,先以"剖竹"二句倒插,由议论挽入记游,复因美景而起营葺旧居之想,扣题"过始宁墅",自然道入归隐旧山之誓。由此两处顿挫,遂使一气贯注中得屈曲沉健之致,而免轻滑剽急之弊。如果我们将杜甫《自京赴奉先县咏怀五百言》《北征》诸巨篇与本诗对读,就可发现,老杜之体,其实发轫于谢客。《昭昧詹言》拈出,谢杜韩(愈)黄(山谷)为一脉相承,洵非虚言。

过始宁宅,对于谢客来说,是仕途上的不幸,但是却是他诗歌创作生涯中的大幸,尽管本诗尚带有传统的行旅诗的成分,但是已明显可见中国山水诗的序幕至此真正揭开了。而且这个序幕,揭得甚佳,一开始就与陶渊明的田园诗,表示了完全不同的个性特色。这只要读一下渊明题材相近的《归园田居》之一,就可见无论抒情写景,结构用笔,都是大不相同的。不过序幕总是序幕,《过始宁墅》在谢诗中,其组织尚较单纯、意气也较发露。灵运山水诗意象深曲,锤炼谨严,森然中见出逸荡之气的典型风格,要稍晚至其徜徉于永嘉山水时,才终于形成。

（赵昌平）

富春渚

原文

宵济渔浦潭，旦及富春郭。
定山缅云雾，赤亭无淹薄。
溯流触惊急，临圻阻参错。
亮乏伯昏分，险过吕梁壑。
洊至宜便习，兼山贵止托。
平生协幽期，沦踬困微弱。
久露干禄请，始果远游诺。
宿心渐申写，万事俱零落。
怀抱既昭旷，外物徒龙蠖。

鉴赏

《庄子》《列子》二书中都记有这样两个有趣而发人深省的故事。一说，列御寇为伯昏无人射，列子技艺精湛，手平如砥，甚至能放一杯水在肘上，箭方去而未至靶，杯水又重新落到肘上。然而伯昏无人说“是射之射，非不射之射也”。于是他“登高山，履危石，临百仞之渊，背逡巡，足二分垂于外”，列子惊怖，伏地汗流至踵。伯昏无人就说：那些与天道同一的至人，上窥青天，下潜黄泉。挥斥八极，神气不变。现在你害怕得直瞬眼睛，可见你内心未明自然之理，不够充实啊。另一则故事说孔子观乎吕梁，悬瀑三十仞，流沫三十里，连鼋鼍鱼鳖之属都不敢过，然而却有一个男子在其中戏水，孔子以为他想自杀，命弟子去岸边救他，那人却上了岸，披发而歌，游于塘下。孔子问他，游泳有"道"没有，那人回答，并无所谓道。只因从小生长于水边，所以能安于水。唯因顺从水之道而无我见存在，所以下水就能不知其然而然，与水化为一体。这两个故事，曾被历代诗人无数次地运用过，但是却很少见有人能像谢灵运《富春渚》诗这样，用得如此灵活而贴切。

别过了始宁故宅(参上篇)，灵运又浮舟西南行，进入桐庐富阳县境的富春江。富春江有两个特色，一是清，二是险。梁吴均《与宋元思书》曾状其景："水皆缥碧，千丈见底；游鱼细石，直视无碍；急湍甚箭，猛浪若奔。夹岸高山，皆生寒树，负势竞上，互相轩邈，争高直指，千百成峰。"正写出了这两方面的特色。山水是自然形态的东西，而以之入诗文，则不可避免地染上作者的主观色调。既清且险的富春山水，在卓荦不羁的吴均眼中合成了自由竞荣，勃勃生气的清奇，所谓"奇山异水，天下独绝"。在游子羁旅的孟浩然笔下则是"野旷天低树，江清月近人"(《宿建德江》，建德属富春)，一片清怨；然而在刚为险恶的政治风浪抛掷出来，恃才傲物，一肚子不合时宜的谢客眼中，则是另一番景象。

夜中，诗人渡过了富春东三十里的渔潭浦，清晨舟抵富阳城外。六七十里外的定山、赤亭山是富春名胜,但诗人并不往游,只是向峰顶那缅渺的云雾远远一望,又匆匆驶去。起四句连下“宵济”“旦及”“无淹薄”三词,可见富春秀色,此时对意兴索寞的诗人来说并引不起多大兴趣,而远山上那萦青际白的云雾,似乎正象征着他不绝无尽的愁绪。忽然水势突变,逆流而上,惊浪急湍撞击着去舟;而崖岸曲折,参差凹凸,更处处阻遏着行程。这景象真是惊心动魄,诗人自己也不知如何飘过了这一段险泷,不禁深自庆幸:尽管自己并没有伯昏无人那种履险若夷的定力,却竟然如吕梁男子般惊险地闯过了这难关。待得惊魂稍停,他倒是悟出了一条至理。《易·习卦》:“水洊至习坎”,《艮卦》又说“兼山,艮,君子以思,不出其位”,“艮其止,止其所止”,意思是,虽有重险悬绝,而水仍相继而至,这是因为水性已习惯了山坎的缘故。艮即止义,两山相重,正象征着止息之义,君子当因此而引起思索,行于所当行,止于所当止,不要越过了自己的本位。《易》象不正揭示了刚才经历凶险一举的内在含义么?如果自己真能像伯昏无人与吕梁丈夫一样,内心元气充实,与自然合一,完全忘掉物我、利害、险夷之间的差别,顺乎自然之理,使行动与之不期而合,那么虽然多历风险,也可达到履险若常的境地。推而广之,生活亦正同于行舟,也当顺应自然之理,那么对不久前经历的仕途风波正不必如此耿耿于怀,怨天尤人。自己平生之志本在幽栖养生,二纪之前只因意志薄弱而出山,从此就困顿于世俗之事。希求为入仕干禄已过久了,直至今天总算有了机会实现对友朋许下的远游轻举的诺言。想到这里,诗人感到蛰伏已久为世事蒙蔽的夙愿渐渐得到了舒展生发,顿时眼前的万事就如枯叶朽枝般零落不足道了。思念及此,诗人感到胸怀开张,心地光明,就如庄子所说的神明虚空无所怀的神人一样,忘掉了自身存在而任物推移。从此就只要如那蛰伏以存身的龙蛇,以屈而求伸的尺蠖那样与世委蛇,善养天年就是了。

经过了富春渚后,谢客是否真能如诗中所说那样达到超人的境界?答案是否定的。甚至就在浮江之际,他恐怕也未曾真正获得心理上的平衡。诗中所言,充其量,也只是即景生想,从理念的观照中得到一种感情的宣泄,这在以下各篇中我们不难看到。然而就作诗时一刹那间的感触而言,他却确实达到了情景理的圆融无碍。

全诗实分三个层次,前六句纪行写景;"平生"以下的最后八句是对自身人生道路的检讨与悟参。二者之间本不相涉,但却因中间四句的四个典故而连成了一体,这四个典,尤其是前面《庄》《列》二典用得十分巧妙。舟行富春山水际,而伯昏一典为山、吕梁一典为水,联想十分自然,且同用《庄》《列》更十分工致。山,水之典甚多,不用其他,而偏用这两个,则是因它们既在形象上深切富春山水的凶险,又暗蕴所以能履险若夷的理念。这个理念在诗中是用"亮乏""险过"的形式反说的,更切当时诗人的实感。由反到正，则再接用《易经》中一水一山两典，从而顺理成章地引出了以下对生活历程的检讨。诗歌用典，从诗骚起即有，建安以后更渐成风气，但是用得典雅、精严，炉锤工致，成为作诗一大法门，却不能不说自大谢始，当然由此也带来了谢诗有时稍嫌晦涩之病。得失二方面在本诗中都反映得甚典型。这又是陶、谢诗风的一大区别。

（赵昌平）

七里濑

原文

羁心积秋晨，晨积展游眺。
孤客伤逝湍，徒旅苦奔峭。
石浅水潺湲，日落山照曜。
荒林纷沃若，哀禽相叫啸。
遭物悼迁斥，存期得要妙。
既秉上皇心，岂屑末代诮。
目睹严子濑，想属任公钓。
谁谓古今殊，异代可同调。

鉴赏

宋永初三年(442)，谢灵运自京都建康赴永嘉太守任，途经富春江畔的七里濑(水流沙上为“濑”)，乃作此诗。七里濑亦名七里滩，在今浙江桐庐县严陵山以西。两岸高山耸立，水急驶如箭。旧时有谚云：“有风七里，无风七十里。”指舟行急湍中进度极难掌握，唯视风之大小来决定迟速。

此诗一韵到底，凡十六句，每四句为一节。诗意借观赏沿江景物以寄托作者落落寡合的“羁心”，诗中虽作旷达语，却充满了不合时宜的牢骚。这是谢灵运多数诗篇所共有的特色。

开头四句语言颇艰涩费解。第一句，“羁心”，羁旅者之心，亦即游子迁客之心，指一个被迫远游为宦的人满肚皮不情愿的心情。“积”，训“滞”（见《庄子·天道篇》《经典释文》注），有郁结之意。这句意思说在秋天的早晨自己郁积着一种不愉快的羁旅者的心情。接下来第二句说，既然一清早心情就不愉快，那么爽性尽情地眺览沿途的景物吧。“展”，训“适”，有放眼适意之意。第三、四两句似互文见义，实略有差别。“逝湍”指湍急而流逝的江水，则“孤客”当为舟行之客；而“徒旅”虽与“孤客”为对文，乃指徒步行走的人，则当为陆行之客，故下接“苦奔峭”三字。夫舟行于逝湍之中，自然提心吊胆；但其中也暗用“逝川”的典故。《论语·子罕》：“子在川上曰：‘逝者如斯夫，不舍昼夜！’”因知此句的“伤”字义含双关，既伤江上行舟之艰险，又伤岁月流逝之匆遽，与下文“遭物悼迁斥”句正相呼应。第四句，“奔”与“崩”同义，“峭”指陡峭的江岸。江岸为水势冲激，时有崩颓之处，徒步旅行的人走在这样的路上自然感到很苦。不过从上下文观之，这句毕竟是陪衬，重点还在“伤逝湍”的“孤客”，也就是作者本人。所以“孤客”“徒旅”是以个别与一般相对举，似泛指而并非全是泛指。

第二节的四句全是景语。这中间也有跳跃。开头明写秋晨，下文却未写“秋晚”，而用“日落山照曜”一句来代表。这种浓缩的手法是我国古典诗歌的特点之一，而谢灵运的诗在这方面显得尤为突出。“潺湲”,旧训水流貌。但是缓是急,仍须研究。叶笑雪注谓“江水缓流的状态”,疑未确。汉武帝《瓠子歌》(见《史记·河渠书》引):“河汤汤兮激潺湲。”可见当训水流急貌。何况“石浅”则水势自急,必非缓流可知。“照曜”叠韵,是形容词而非动词,指山色明亮。“荒”训大,训野,与荒凉萧瑟无关;“纷”,繁多;“沃若”,见《诗·氓》,形容树叶柔润茂盛。此四句“石浅”句写水,写动态,“日落”句写山,写静态;水为近景,色泽清而浅;山为远景,色泽明而丽。“荒林”句写目之所见,“哀禽”句写耳之所闻。全诗景语,仅此四句,起到承上启下的作用,照理讲它们并非主要内容。只是若把这四句删掉,此诗即无诗味可言。可见情由景生,原是写诗要诀。

第三节从写景转入抒情,却兼有议论。“遭物”,指见到的客观事物,即上文之浅石湍流、落日群山以及荒林哀禽等。“迁斥”有两层意思,一是主观上指自己被出为郡守,无异于受迁谪和贬斥,二是客观上感到节序迁改推移,时不待人(“迁”指时间的迁移,“斥”有开拓意,指空间的转换)。这二者都是值得伤悼的。但只要存有希望(“期”,期望,希冀,这里是名词),就可以领悟精微玄妙的道理,不致因外来的干扰影响自己的情绪了。“要妙”,语见《老子》,指哲理的玄妙深奥。然而这种悟道的境界,只有太古时代的圣君贤哲才能心领神会,处于衰乱末代的人是无法理解的。所以作者说,“我既已持有(‘秉’,执也,持也)上古时代的圣贤的一颗心,哪里还在乎当今世人的讥诮呢!”“上皇”,犹言太古时代的帝王;“屑”,顾;“诮”,讥刺。从这里,我们看得出作者同刘宋王朝的统治阶级是互相对立的,这是豪门世族与军阀新贵之间必然存在的矛盾。最后矛盾激化,谢灵运终于以谋反罪被杀害。从历史主义的观点来分析,这是丝毫不足为怪的。

最后一节,作者借古人以明志。“严子”,即严光,字子陵,本与汉光武帝刘秀同学,但他坚决不肯出仕,隐居富春江上,后人名其垂钓处为严陵濑,即此诗所谓的“严子濑”。其地在七里濑下游数里,故诗人举目可见。“想”,这里是名词,指思想。“属”,联系到。“任公”,是《庄子·外物篇》里的寓言人物。据说他“蹲乎会稽,投竿东海”,用五十头牛当钓饵,费了一年时间才钓上一条大鱼,其肉足供从浙江到湖南这样广大地区的人民食用。这是两种不同类型的古人。严光是避世的隐者,而任公则象征着具有经世大才的非凡之辈。作者意思说自己纵有经天纬地之才,由于不合时宜,宁可做个隐士。结尾两句,作者明确表示:即使不同时代的人也可以志趣相投,步调一致。言外隐指本人知音寥落,当世的人对自己并不了解。从而可以推断,上文作者所伤悼的具体内容到底是什么了。

(吴小如)

晚出西射堂

原文

步出西城门，遥望城西岑。
连鄣叠巘崿①，青翠杳深沈。
晓霜枫叶丹，夕曛岚气阴。
节往感不浅，感来念已深；
羁雌恋旧侣，迷鸟怀故林；
含情尚劳爱，如何离赏心。
抚镜华缁鬓，揽带缓促衿。
安排徒空言，幽独赖鸣琴。

注

① 鄣：上平的山峰。一作“障”。

鉴赏

西射堂，在永嘉西南二里，所谓射堂，是试士习射的所在，由诗题及诗中所状景色推之，本诗当作于永初三年(422)灵运外放永嘉当年的深秋。

傍晚，诗人漫步出西城门，大抵谪宦羁旅之人最怕黄昏长夜，因为白日的公务，多少还能分散心事，而公余闲暇，天色如磐，这愁绪又何以消遣？这种感觉，在常人都如此，更何况诗客敏感的心灵？所以当灵运举目远望郊垧的西山时，永嘉的青山绿水，已都无秀色可言，触目尽是惹愁兴叹的资料。崇山如屏，纵横复沓而无有穷尽，往时的深青淡翠也都在广漠无边的暮色笼罩之中，变得深不可测。清晨时曾经慰目的染霜红枫，已不复可见，唯有斜阳无言，在厚重阴沉的岚气中，恹恹降沉。自初秋的七月十六日去京，至此已有两三个月了，金秋已去，严冬将临，忧愁自然有增而无已，现在看到这一片压抑而迷惘的郊景，就更勾起了诗人深沉的怀念。眼前那林木上羁宿的雌禽，失群无伴，似乎在诉说着对旧侣的怀恋。空中的归鸟在盘旋徘徊，它一定是迷失了归路在寻找昔日的林巢。羽鸟都有情，尚且知道相互间爱，而万物之灵的人，又怎能忍受与知心的亲人友朋的离别？感念及此，诗人意兴阑珊，回到了旅居之所。他抹去铜镜上的积尘，见原来那乌黑的鬓边上已出现了星星白霜，逗弄衣带，又发现先前合身的衣服也已显得宽松了。顾影自伤，诗人不禁对他素所信奉的庄子的至理名言也产生了怀疑。《大宗师》中说，“安排而去化，乃入于寥天一”，意思是安于自然的推移，就能与造化合一，进入空虚寂寥的超人境界，现在看来这不过是无补于事的空论；所能聊以宣泄那幽居独处之烦闷的，只有那孤芳自赏的琴音而已。

本诗在谢诗中是最为平实的篇章了，没有过多的典实、镵刻的语词，连他最惬心的玄理也只以否定的形式出现。即景而抒情，一泻块磊，酷学汉末建安的诗体。甚至连起句也有意求古朴。《古诗十九首》之十三云“驱车上东门，遥望郭北墓”；曹植《送应氏》之二起云：“步登北邙坂，遥望洛阳山。”对读之，其传承甚明。

不过，虽说效古，却又有明显的新变；显示出谢客贬永嘉后诗的一贯特色。

诗的结构，随情抑扬，一同建安诗之任气使才；而同时又显出屈曲多层折的特色。先以“节往”“感来”二句居中作顿束，将秋望景物分作二层；更以“含情”“如何”二句，接过第二层景，引入末四句浩叹。这就是贬永嘉后谢客所经常使用的景——情——景——情（或相反）的双线结构，是中国诗歌中布局的新创制。

诗的写景造型也更见精致入微。特别是善用动词与形容词以写形入神，如“连鄣”四句内蕴压抑的愁思。其中一、二、四句中的“叠”字，“杳”字，“阴”字相连而构成了扑朔错杂而杳不可测的境界，最能见出主客观融一的情思。其句式前二句是“二、一、二”的节律，后二句是“二、二、一”的形式，其变化也有助于情景的表达。“晓霜枫叶丹”一句尤堪玩味。有人认为这两句是分别实写早晚二诗。其实不然，“晚出西射堂”，又何能见晓景呢？因此又有人怀疑“晓”可能是“晚”之误，其实也不然，青翠既已“杳深沉”，红叶又何能看清呢？所以这一句并非实写即日所见，而是虚拟。重山叠巘，暮色杳渺是如此压抑，诗人亟望清晨所见的红叶能稍破沉闷，然而竟不可得，唯有夕曛岚阴而已。

这铺叙实景中的一笔虚拟，不仅因反衬而加重了愁思，而且借虚想的一点丹红使沉郁之中见出空灵，不致造成滞重之感。这就是谢诗在用词状景中的深致。

从《晚出西射堂》诗，我们可以进一步探寻到谢诗的传承，从山水题材而言，灵运承玄言，游仙诗之绪，继谢混等后创为山水诗，这中间行旅诗中的景物描写，似又为一重要环节。而从诗歌体式而言，灵运诗绝非如人们常说的那样有悖于建安风骨，而是继承了建安诗人的使气任才的特点，并兼取太康之风，踵事增华，使才气的表现具有隐秀的特色。以上二者相结合，终于卓然自成一体。本诗正可作为建安诗与典型的谢诗之中间环节来看待。至此我们对钟嵘所评谢诗特点当更有所解会。“宋临川太守谢灵运，其源出于陈思（曹植），杂有景阳（张协）之体，故尚巧似而逸荡过之。颇以繁富为累。嵘谓若人兴多才高，寓目辄书，内无乏思，外无遗物，其繁富，宜哉。然名章迥句，处处间起；丽典新声，络绎奔会。譬犹青松之拔灌木，白玉之映尘沙，未足贬其高洁也。”（《诗品》）这是对谢诗传承得失的最中肯的评价。

（赵昌平）

登池上楼

原文

潜虬媚幽姿，飞鸿响远音。
薄霄愧云浮，栖川怍渊沉。
进德智所拙，退耕力不任。
狥禄反穷海，卧痾对空林。
衾枕昧节候，褰开暂窥临。
倾耳聆波澜，举目眺岖嵚。
初景革绪风，新阳改故阴。
池塘生春草，园柳变鸣禽。
祁祁伤豳歌，萋萋感楚吟。
索居易永久，离群难处心。
持操岂独古，无闷征在今！

鉴赏

谢灵运作为南朝门第最为华贵的士族家庭的子弟，作为东晋名将谢玄之孙、爵位继承人，又自幼颖悟过人，长成后骄纵自负，在政治上自然抱有很大的雄心。而宋武帝刘裕去世后，诸子年幼，形势不稳，又使他深深卷入权力斗争的漩涡。刘裕的长子刘义符(少帝)即位后，大臣徐羡之等人把持朝政。刘裕次子刘义真(庐陵王)过去甚得父亲的欢心，颇有觊觎帝位之意。他与谢灵运关系密切，常对人说，如果他做皇帝，便用谢灵运为宰相。这情况很容易造成矛盾的激化。而谢灵运完全是诗人的性格，高傲、袒露、褊躁，不擅于政治权谋。他常对徐羡之等施以批评攻讦，引起对方的猜忌，终于在永初三年(422)被逐出京都，迁为偏僻的永嘉郡(治今浙江温州)太守。这是谢灵运首次在政治上受到沉重打击。来永嘉后的第一个冬天，他长久卧病，至明年(景平元年)春始愈，于是登楼观景，写下《登池上楼》这一名篇，抒写郁闷之情。

全诗大致分为三层，但衔接很紧密。前八句为第一层，主要写官场失意后的不满与当时矛盾的处境。魏晋南朝时代权力斗争激烈，仕途风波险恶，因此士族文人既有进取之志，又有企羡隐逸之心，而诗人所面临的，却是两者俱无所得的困境。诗一开头即由此下笔："潜虬"一句喻深藏不露、孤高自赏的生活，"飞鸿"一句喻奋进高飞、声名动世的境界；下面两句说无论前者还是后者，自己都不能做到，深感惭愧。四句中，第三句紧接第二句，第四句远承第一句，诗意连贯而有变化。以上四句用形象的比喻写出自己的困境，但为何会这样，并未交代清楚，所以又有后四句把前四句加以落实。"进德"谓进取功业，施恩德于世人，与"飞鸿"一句相应。——但虽有此志，却是才智不及。这句实际的意思，是说自己耿直守正，乃至受人陷害。"退耕"谓退隐田园，以耕作自资，与"潜虬"一句相应。——但徒怀此愿,却是力所未能。以谢氏的富有,当然谈不上“退耕力不任”的问题。这句实际的意思,是说自己颇有退隐之心,只是为形势所格,无法实现。因为当时谢灵运如果拒绝赴任,就是公开表示与当权者对抗,极可能招致更大麻烦。下面进一步写自己于无奈中来到这偏僻的海隅,入冬后久卧病床,所对唯有萧索枯瑟之空林。全诗由虚入实,由远及近,气氛渐渐降到最低点。

自“衾枕”以下八句为第二层,写登楼所见满目春色。“衾枕昧节候”紧承前一句“卧痾对空林”而来,写卧病中不知不觉,已是冬去春来,同时自然而然引出下句“褰开暂登临”。“暂”谓短时间,有抱病强起之意。“倾耳”“举目”两句,写出诗人对自然风光的极度喜爱。池塘水波轻拍,在倾耳细听之际,令人虑澄意解;远山参差耸立,于放眼遥望之中,使人心旷神怡。眼前是一派什么样的景色呢?“初景”即新春的阳光,正在革除“绪风”即残冬的余风,“新阳”即春代替了“故阴”即冬的统治。“初景”“新阳”写出总体的感受,是虚笔,下面“池塘”“园柳”两句,转为近景的具体描绘。“池塘生春草,园柳变鸣禽”,是谢诗中最著名的诗句之一,曾引起很多人的赞赏,甚至引出一些带有神秘性的传说。钟嵘《诗品》引《谢氏家录》说:“康乐(谢灵运袭爵康乐公)每对惠连(谢惠连,灵运之从弟),辄得佳语。后在永嘉西堂,思诗竟日不就,寤寐间忽见惠连,即成‘池塘生春草’。故尝云:‘此语有神助,非我语也’。”故事的真实性如何暂且不论，这一联诗的名声，看来确是不小。但也有人提出：这二句实在很平常，有什么可夸耀的？究竟应如何看待，颇可稍加分析。

看起来，这一联诗（特别是前一句）确实很平常，毫无锤炼之功，所写景色亦并无特别之处。但应该注意到，它很好地表现了初春之特征及诗人当时的心情。池塘周围（尤其是向阳处）的草，因为得池水滋润，又有坡地挡住寒风，故复苏得早，生长得快，其青青之色也特别的鲜嫩，有欣欣向荣的生气。但它委实太平常，一般人都注意不到。谢灵运久病初起，这平时不太引人注意的景色突然触动了他，使之感受到春天万物勃发的生机，于是很自然地得到这一清新之句。“园柳变鸣禽”，写柳枝上已有刚刚迁徙来的鸟儿在鸣叫，这同样是细微而不易察觉的变化。两句诗表现了诗人敏锐的感觉，以及忧郁的心情在春的节律中发生的振荡。再有，宋初诗坛，以谢灵运本人为代表，有一种追求佳句的风气。而通常的佳句，都以反复雕琢、精于刻画取胜。在这样的风气中，此种自然生动而富有韵味的诗句，更显得特出。总之，放在特定的文学环境和具体的诗篇之中来看，“池塘生春草，园柳变鸣禽”的确不失为佳句，单独抽出来加以评论，就没有多少意义了。从全诗来看，写到这里，情绪渐渐转向开朗欣喜的暖色调。

最后六句为第三层。开头两句由登楼观春联想到古代描写春景的诗，借用典故表示自己的感慨，情绪又转向感伤。“祁祁伤豳歌”的“豳歌”，指《诗经・豳风・七月》一篇，诗中有“采蘩祁祁”等描写春景之句。何以要“伤豳歌”呢？原来，按照《毛诗序》《诗谱》等传统的解释，《七月》是周公在遭受流言、出居东都以避谗害时作的，谢灵运用此典故，带有暗喻的意思。“萋萋感楚吟”的“楚吟”，指《楚辞・招隐士》一篇，其中有“春草生兮萋萋”之句。所谓“感楚吟”，是说有感于隐士的生活。这两居回复到第一层的内容，但并非单纯的重复，而是表示要从困窘的处境中摆脱出来，决心走隐居的道路。接着“索居”“离群”两句，写隐居生活令人难以接受的一面，意思是：离群索居的生活，使人容易感到岁月漫长，枯索无味，难以安心。这两句从诗意上说，是指一般人的想法，并非说自己。但在潜在心理上，这种被否定的想法，也隐约透露了他自己的某种疑虑。谢灵运出身华胄，为世人所重，且骄纵自负，与世隔绝的隐居生活对于他确非易事。但不管怎样，他归隐的决心已下。全诗结束两句说：“持操岂独古，无闷征在今！”“无闷”语出《周易・乾卦》，意谓大德之人，避世而无所烦忧。这两句意思是：坚持节操岂止古人能够做到，《周易》所谓“遁世无闷”在今人身上同样可以得到征验！这样，诗的情绪便从进退维谷的困境中解脱出来，以高亢的声调收结全篇。也就在这大约半年之后，谢灵运终于称疾辞职，归隐到始宁的祖居。

本诗以登池上楼为中心，抒发了种种复杂的情绪。这里有孤芳自赏的情调,政治失意的牢骚,进退不得的苦闷,对政敌含而不露的怨愤,归隐的志趣……,虽然语言颇觉隐晦,却是真实地表现了内心活动的过程。诗中写景部分与抒情结合得相当密切,并且成为诗中情绪变化的枢纽。对景物的描绘,也体现出诗人对自然的喜爱和敏感,而这正是他能够开创山水诗一派的条件。只是,语言过于深奥、句式缺少变化,因求对仗而造成某些重复,也是显著的弱点。这些都有待于诗歌的发展来纠正。

(孙　明)

游南亭

原文

时竟夕澄霁，云归日西驰。
密林含余清，远峰隐半规。
久痗昏垫苦，旅馆眺郊歧。
泽兰渐被径，芙蓉始发池。
未厌青春好，已睹朱明移。
戚戚感物叹，星星白发垂。
药饵情所止，衰疾忽在斯。
逝将候秋水，息景偃旧崖。
我志谁与亮，赏心惟良知。

鉴赏

景平元年(423)春末夏初，灵运远贬永嘉(今浙江温州)已近一年了。在朝时就因“既不见知，常怀愤愤”的诗人，这次受徐羡之挤排而远放，在他真是不幸；更何况南荒瘴疠，沉疴久缠，又怎能不感慨万千，顿生去志？这就是谢集中自《登池上楼》以下数诗的共同主旨，《游南亭》即其中之一。清人方东树说：“自病起登池上楼，遂游南亭，继之以赤石帆海，又继之以登江中孤屿，皆一时渐历之境，故此数诗，必合诵之，乃见其一时情事及语言之次第”(《昭昧詹言》卷五),是很有见地的。

南亭,据《太平寰宇记》,在温州城外一里处,诗纪南亭之游,分三个层次。“时竟”以下四句,写季春某夕,雨过天清,夕日黄昏之澄净清秀景色。“久痗”以下六句,写久雨而神思昏瞀,今日偶眺郊野岔路,引动游兴,又因所见景色,感知春去而夏来。“戚戚”以下八句,即游而生老病之叹,显归隐之志。确实,在作诗后三个多月,灵运就挂印买舟,归返会稽故宅了。

灵运之动归隐之思,既不如陶潜那样基于对仕途的厌憎,对人生的悟彻,也就没有陶潜那种恬淡心境。“久为谢客寻幽愤,细学周颙免兴孤。一重一掩吾肺腑,山鸟山花吾友于”(杜甫《岳麓山道林二寺行》),老杜可称是谢客的隔代知己,“幽愤”,才是本诗的核心,这种心理特点,借游历出之,也引起了谢诗表现手法上不同于陶诗的特点。

首先是盘旋层折的诗歌结构,诗写幽愤之思,但起笔四句却先勾勒了一派清澄之景。然后,“久痗”“旅馆”两句逆笔补出身在谪宦羁旅的处境,时逢久雨阴霾的黄梅,心境正如陷溺于霪霖之中,久已昏昏沉沉的了。于是可见起处所写偶一眺临所见的清景之中,实隐含有诗人企图摆脱烦闷的企望。清景使诗人神思为之一爽,但是潜在的幽愤是如此的难以解脱。为清景引动,诗人漫步郊坰,其本意当是希望进一步让大自然澄明的灏气,为他澡雪精神,但是一路行来,见到淫雨之前泽畔方生方长的兰草,已经繁茂而向老;而当时仅是一望绿叶的池塘中,荷花也初绽红红白白的朵蕾。这美景在他人或会感到悦目赏心,但对诗人却适足以勾动其幽愤的潜意识,于是顿生春夏叠代之感,更由“物”移而触发“人”老之叹,于是潜在的幽愤转为强烈的悲歌。药饵,“药”当作“乐”,反用《老子》“乐与饵,过客止”之语,当时的声歌食饮,尽属虚妄;而真实的唯有那倏焉而来的老病而已。那么人生应当怎样才对呢?只有乘即将而来的秋水,归隐家乡,这种真正的赏心乐事,恐只有二三知己才能领会吧。那么这赏心乐事的内涵究竟为何呢?“秋水”用《庄子·秋水》事,《秋水》篇主旨在于“无以人灭天,无以故灭命,无以得殉名,谨守而勿失,是谓返其真”(《秋水》),原来泯去物我,是非的界限,忘掉一切的是非得失,甚至忘掉自己的天赋禀受,皈依自然,才是根本的出路。但是谢客是否真能忘情呢?从本诗的意脉看,这只是一种企望强自从幽愤中挣脱的高言快论;从他的行事看,虽然几度归隐,但却未能如陶潜那样在自然中终其天年,终于在四十九岁时,吟唱着“恨我君子志;不获岩上眠”的感愤之句,被砍下了脑袋。

企图借游程中的自然清景以排解幽愤,而解不去,吟还愁,反将幽愤潜注于景物之中,这种反复曲折的情思,既使谢客的幽愤表现得看似清逸,实则更为深重;又使他诗作的结构表现出前所未有的复杂而多层次;奇景迭出,转转入深,确实到了“一重一掩皆肺腑”的境地,而他更善于营构，通过顿束、离合，顺逆的安排使诸多的景物移步换形圆融一体。而情思一以贯之。如本诗起首之“时竟”（春尽），中腰之“朱明移”，篇末之“秋水”，思绪依节候的顺次，虚实相间地展开，却以“久痗”一联，“戚戚”一联作顿束收放，依其感情的变化，出现一幅幅不同色调的画面，达到情景理交融的境地。王夫之《姜斋诗话》评谢诗，“以意为主，势次之，势者，意中之神理也。唯康乐为能取势，宛转屈伸以求尽其意……天矫连蜷，烟云缭绕，乃真龙，非画龙也。”此评正道出了谢诗以幽愤的情思为内涵，运调景物，屈曲以达其意的特点，这与陶潜诗结构之如行云流水大异其趣。

与结构相应，本诗的意象也与陶诗异趣。陶诗语言天成，所构成的诗歌意象较单纯而韵味醇厚，而谢诗则“造语极奇险深曲，却皆稳老而不伤巧。”（《昭昧詹言》），其意象层次多隽秀耐咀。试以与本诗前四句景物相近的陶潜《杂诗》二之前四句作一比较，陶诗云：

> 白日沦西阿，素月出东岭；遥遥万里辉，荡荡空中景。

这四句每句五字都是一个层次，且三、四承一，二，很自然地勾勒出一个银辉满空，启人远思的景象。谢诗则不然：

> 时竟夕澄霁，云归日西驰。密林含余清，远峰隐半规。

同样每句五字：而前二句每句是两个层次：时竟（春尽）、夕澄霁（黄昏雨过天清）；云归（由下三字看当是东飞），月西驰。以下三句“含余清”承一句“夕澄霁”;四句“隐半规”则承二句“日西驰”,又分别拈入了密林,远峰二物,组成了新的景象。前两句从大背景落墨,富于动态美,后二句更从细部勾勒,近处是密林余清,较远处是青山落日,则与一、二句共同构成三个大层次的画面搭配,而“密林”之与“余清”,“远峰”之与“半规”本身又有各自的层次,再缀以一个“含”字,一个“隐”字,遂在季节交替,晴雨变化,昼夜迭代的动景中酿蘖出一种清澄恬美的静景来。这层迭的景象正体现了诗人由“昏垫”中苏生的复杂心境。

与观察的细密,锤词的精严,选景的密致相应,谢诗语言的又一特色是使用语典的工巧。“泽兰披径路”以下四句分用楚辞“皋兰披径兮斯路渐”(《招魂》);“芙蓉始发,杂芰荷兮”(同上);“青春受谢,白日昭只”(《大招》);“朱明承夜兮时不见淹”(《招魂》)四语,不仅与即目之景相切相符,而且隐含“目极千里伤春心,魂兮归来哀江南”(《招魂》)之意,透出归隐之想,以下更用《庄子》“秋水”之典,既承“朱明”而预示归期,更如前所析表示要从伤感中超脱达到忘我之精神升华。数典连用,一气呵成,含义深长,遂使诗歌意象于精致之外更显出一种典雅的美来。所谓“奇险深曲”,而“稳老不伤巧”,于兹可见一斑。

谢灵运与陶渊明同时开创了中国山水田园诗派。他们的诗风都表现了前所未有的新的境界;然而由于二人诗内涵的不同,也由于自然观的不同(陶潜基本上承先秦以来道家的自然观，谢客则更多魏晋以来玄学的自然观），文化素养的区别，二人诗的体格却迥然不同，预示了后世山水田园诗两种不同的创作途径。只要把陶潜诗与韦应物《田家》等诗合看，以谢客本诗与柳宗元《南涧中题》等合看，就不难发现不同的传承关系。清人以刘宋元嘉、唐元和、宋元祐为古典诗歌三个前后相承的丕变阶段，是很有见地的，而谢客正为元嘉之雄。

（赵昌平）

游赤石进帆海

原文

首夏犹清和，芳草亦未歇。
水宿淹晨暮，阴霞屡兴没。
周览倦瀛壖，况乃陵穷发。
川后时安流，天吴静不发。
扬帆采石华，挂席拾海月。
溟涨无端倪，虚舟有超越。
仲连轻齐组，子牟眷魏阙，
矜名道不足，适己物可忽。
请附任公言，终然谢天伐。

鉴赏

南亭之游（参上篇）后，谢灵运开始了他在永嘉境内的探奇搜胜。一方面山水并不能真正抚平他心中的幽愤，所以这一段时间中，他的诗中经常出现“倦”游的字样；然而另一方面，山水又时时给他以新的感受，使他失去平衡的心态，至少获得宣泄而趋于暂时的平衡。也就在这种彷徨徜徉中，他确立了自己山水诗鼻祖的地位；这或许是他自己始料所未及的吧。

赤石在永嘉郡南永宁（今浙江永嘉）与安固（今浙江瑞

安)二县中路之东南,去郡约有数十里,东濒今日的温州湾。帆海,注家常以为地名,其实可商,据宋郑缉之《永嘉郡记》,“帆游山,地昔为海,多过舟,故山以帆名”,在安固县北。灵运所谓帆海之地,当在此山一带。但郑记并未说有帆海地名,因此帆海二词当是动宾结构,题意似为游览赤石,进而扬帆海上。诗的重点在帆海,游赤石只是引子。

诗分三个层次,由起句到“况乃陵穷发”为第一层,写倦游赤石,进而起帆海之想。由“川后”句至“虚舟”句为第二层次,正写帆海情状与心态变化。“仲连”句以下,为第三层次,即游生想,结出顺天适己,安养天年之旨。心情的变化则是贯串全诗的主线。

“首夏”二句遥应《游南亭》诗“未厌青春好,已睹朱明移”,既点明此游节令,又显示了一种莫可如何而慰情聊胜无的复杂心情。游南亭触景生情,由春夏迭代中,深哀盛年已去,衰疾在斯。这里说,初夏了,天气总算还清爽煦和,芳草也未尝因骄阳的淫威而枯萎。可见诗人似乎已从前诗的悲感中稍稍复苏。尤可注意:“芳草犹未歇”,实反用《离骚》“及年岁之未晏兮,时亦犹其未央,恐鹈鴂之先鸣兮,使夫百草为之不芳”,则又于自幸自慰中,见出谢客这位“逐臣”的傲兀性格来。但是这种欣慰并不能维持多久,在出郡数十里南游赤石中,日复一日地水行水宿,未免单调,而阴晴的变化,云霞的出没,也因屡见而失去了新鲜之感。这滨海的周游,已使人厌厌生“倦”,更何况面临的是极北不毛之地,穷发更北的溟海呢?有人认为“况乃陵穷发”是写诗人豪情勃发,顿起泛海之想,然而“况乃”二字分明承“倦瀛壖”来,见出帆海之前,诗人的心情并不甚佳。

然而当舟船沿港湾进入大海,奇景忽开,水面一平如镜,川后既令江水安流,八首八足八尾背青黄的朝阳谷神水伯天吴,虽然脾气暴虐,今日却也“静不发”,仿佛都在迎接诗人的来游。于是他高张云帆,泛舟海上,随意掇取那形如龟足的石华,那其大如镜白色正圆的海月。而当他抬头回望时,溟海无涯,心情也竟如坐下的轻舟而起凌虚凭空之想。

出涯涘而观大海,诗人之所感,必也与《庄子·秋水》中那位河伯一样,涵容无尽的海波,真使他心胸开张,一扫积日累月的烦酲。于是他即游生想,远追往古,进而悟彻了人生的至理:海上曾有过形形色色的隐者,有助齐却燕,功成辞赏而退的鲁仲连;也有“身在江海之上,心居魏阙之下”的公子牟(见《庄子·让王》)。形踪虽似,而其趣迥异。后者只是矜伐虚名的假隐士,与庄子所说的“无以得殉名”(《秋水》)格格不入,有亏大道。而似鲁仲连所说“吾与富贵而诎于人,宁贫贱而轻世肆志”,才深合漆园傲吏物我两忘,适己顺天,“返其真”的至理。两者相较,诗人似乎对自己既往自负任气蹙蹙于一己得失的生活有所警省,他愿意铭记《庄子·山木》中太公任(任公)教训孔子的一段话:“直木先伐,甘泉先竭。”露才扬己,必遭天伐,唯有“削迹损势”，澡雪精神，中充而外谦，才能养生全年——这不正与渊深无底，广浩无涯，却一平如镜的大海一样么？诗至此，情景理完全契合无际。

方东树《昭昧詹言》曾指出，谢客博洽而尤熟于《庄子》，本诗不仅取义于《庄子》，而且在构想上也显然有得于《秋水篇》。诗以赤石为宾，帆海为主，以“周览倦瀛壖，况乃陵穷发”与“溟涨无端倪，虚舟有超越”两联作转折顿束，遂在层曲的写景抒情中表达了出涯涘而睹汪洋所引起的精神升华，情与理与典实均能合若符契，足见谢诗结构之精。

本诗的情理又都在自然精美的写景记游中自然地体现。“扬帆采石华，挂席拾海月”，海产珍奇，而俯拾皆是，可见诗人扬帆于暖风静海中盈满心胸的恬适之感，于是下文请从任公适己顺天之想也就水到渠成了。鲍照评谢诗云“如初发芙蓉，自然可爱”(《南史·颜延之传》)，正是指的这种中充实而溢于外，风华流丽而不伤于巧的语言特色。

(赵昌平)

登江中孤屿

原文

江南倦历览，江北旷周旋。
怀新道转迥，寻异景不延。
乱流趋正绝，孤屿媚中川。
云日相辉映，空水共澄鲜。
表灵物莫赏，蕴真谁为传。
想象昆山姿，缅邈区中缘。
始信安期术，得尽养生年。

鉴赏

此诗当作于景平元年(423)，灵运时在永嘉(治今浙江温州)太守任上。题中的“江”指永嘉江。“孤屿”在温州南四十里，为永嘉江中渚，长三百丈，阔七十步，岛屿上有二峰。(见张云璈《选学胶言》引《寰宇记》)

全诗分三层。首四句是第一层：写诗人欲游江北探寻新异胜境的急切心情。谢灵运于头年因受排挤而出任永嘉太守，“既不得志，遂肆意游遨，遍历诸县，动逾旬朔。”(《宋书》本传)区区永嘉诸景，不到一年便已“历览”，遂觉江南已无新奇之地，令人厌倦。而永嘉江北岸的奇山异水，诗人一年前赴任时只是匆匆路过，不遑周游(周旋)，旷废既久,自不免向往,因而产生了“怀新”“寻异”即怀着探寻新奇胜景的急切之情。唯其急切,故反觉道路迴远,时间易逝难延。清人吴伯其评曰:“凡人行过旧路,多不觉远,以怀新故,冀得见所未见耳。道路既远,则日便觉促,总是急急寻异,以见前倦于江南,非倦于历览也。”(《六朝选诗定论》)这四句极写迫切之情,为下文发现江中孤屿的惊喜之情作了有力的铺垫衬托。

五至八句是第二层:由发现孤屿的惊喜到对其美景的描绘。“乱流”句脱胎于《尔雅·释水》:“水正绝流曰乱。”郝懿行《尔雅义疏》云:“绝,犹截也。截流横渡不顺曰乱。”“趋”,疾行貌。“媚”,妍美悦人。这二句谓,因为突然发现了江中孤屿,我便截流横渡十分迅疾,那孤岛巍然耸立江中,是多么妍美悦人。一个“趋”字,传神地写出登屿探胜的急切心情,回应前文;一个“媚”字,又活画出孤屿的妍美魅力和诗人的喜悦之情。“云日”二句即是对“媚”字的具体描绘:白色的云朵沐浴在金色的阳光之下,交相辉映,何等明媚秀丽;湛蓝的天空倒映在碧绿的江水之中,水天一色,多么澄澈鲜明!这四句可谓“以丽情密藻,发其胸中奇秀,有骨、有韵、有色”。(钟惺《古诗归》)前二句写得巉削危竦,后二句写得壮阔奇丽。钟嵘所谓“名章迥句,处处间起,丽典新声,络绎奔会。”(《诗品》上)殆指此类。这等胜境的突然发现,较第一层“江南倦历览”的心情,大有山穷水尽、柳暗花明的突转妙趣。对此,怎能不使诗人感喟万千、浮想联翩呢？于是诗笔自然转到第三层的感叹议论上。

结尾六句通过感叹联想寄托了诗人怀才不遇和厌世嫉俗的孤愤。“表灵”，显现天地的灵秀之气；“物”，这里指世人。“蕴真”，即蕴藏自然意趣（一说指真人、神仙）。“缅邈”，悠远；“区中缘”，即人世间的尘缘。“安期术”，指传说中神仙安期生的长生道术。养生，即长生。诗人首先喟叹：此等山水皆为表现天地的灵秀神异之气，然而世人却不知欣赏它的价值，则其所蕴藏的自然意趣又有谁能为之传述呢？接着，诗人又驰骋飘逸的想象，由江屿的灵秀联想到那昆仑山的仙灵，顿觉自己离世间尘缘之事是那样遥远，仿佛遗世独立一般。最后议论：我现在终于相信了，领悟了安期生的长生之道，从此可以安心养生、以终天年了。诗人在这一段中，触景生情而又缘情造境，神思逸荡，理趣横生，故虽是议论，却仍然意象飞动，而不觉其枯燥，可以说是情、景、理三者妙合无痕了！

这首诗描绘了江中孤屿秀媚幽丽的景色，同时也寄寓了诗人孤高傲世的性格、遭受排挤的幽愤和厌世求仙的思想情绪。谢灵运本来出身士族高门，更兼“文章之美，江左莫逮”，“自谓才能宜参权要。”（《宋书》本传）但在庶族军阀刘裕的宋王朝建立之后，他的地位便一再降跌，直至被排挤出京，出为永嘉太守。本来就恃才傲物，加上仕途上的再三挫折，其怀才不遇、寄情山水、期仙求道，便不难理解。

就在写此诗当年的秋天,任永嘉太守刚好一年,他便称病辞官,回到会稽始宁南山经营庄园,与隐士名僧谈玄说法去了。所以,他的迷恋山水神仙,正是他内心失意郁结情绪的外化。正如白居易《读谢灵运诗》所云:"谢公才廓落,与世不相遇。壮士郁不用,须有所泄处。泄为山水诗,逸韵有奇趣……岂为玩景物,亦欲摅心素。"

此诗运思精凿丽密,取势宛转屈伸,可谓匠心独运。欲写江屿之秀媚神奇,先写江南胜景历览之倦,一抑一扬,对比鲜明。然后又一笔宕开,"精骛八极,心游万仞",遥想昆仑山仙人姿容,神会古代安期生道术,进一步烘托和神化了孤屿的幽丽神奇。如此前皴后染,虚实交错,不仅突出了孤屿之美、之奇,也有效地寄寓了自己孤傲不遇的主观情感。结构绵密而意脉一贯,情景相生而物我融一。

其次是语言精丽工巧。表现在遣词用字的锻炼、传神,如倦、旷、趋、媚、灵、真等词的恰当运用,就使全句意态飞动而蕴含深厚;而乱流、孤屿、云日、空水等意象,亦无不巉峭奇丽。再是用了不少对偶句,不仅十分精工,大致符合后来律句的平仄,而且皆能出之自然。这在声律学尚未建立之前,不能不令人惊叹诗人的神工巧铸、鬼斧默运了。

(熊　笃)

登永嘉绿嶂山

原文

裹粮杖轻策，怀迟上幽室。
行源径转远，距陆情未毕。
澹潋结寒姿，团栾润霜质。
涧委水屡迷，林迥岩逾密。
眷西谓初月，顾东疑落日。
践夕奄昏曙，蔽翳皆周悉。
蛊上贵不事，履二美贞吉。
幽人常坦步，高尚邈难匹。
颐阿竟何端，寂寂寄抱一。
恬如既已交，缮性自此出。

鉴赏

永初三年(422)，谢灵运被降职外放永嘉任太守。诗人在郡不理政务，恣情遨游山水。每游一处，必有诗篇记胜。这首诗即是其一。据《读史方舆纪要》说："(永嘉)西北二十里有青嶂山，上有大湖，澄波浩渺，一名七峰山。"此青嶂山，似即绿嶂山。

谢灵运的山水诗多采取纪游的写法。其章法结构，大抵是先纪游，继写景，最后兴情悟理。此诗即采取这种井然的推展次序。起首二句,写他出发前的准备和启程情况。诗人携带足够的干粮,拄着轻便的手杖,兴致勃勃地启程了。他沿着逶迤起伏的山路徐行而上,要攀登那风景清幽奇险的高峰。“怀迟”,与威夷、逶随、逶迤等词通。“幽室”,风景清幽之处,指绿嶂山。灵运是一位旅行家、冒险家。他所选择的风景,不是那些寻常易见的田园或低丘浅流,他对山水的欣赏,不像陶渊明那样以“采菊东篱下,悠然见南山”的悠闲眺望为满足。他总是以高山深谷为目标,欲求人所未见的幽景奇观。这两句的“裹粮”和“杖策”,就表明了这次旅游路程之遥远险阻,也流露出诗人寻幽探胜的极大热忱。灵运诗这种在开篇纪游时即表现出的欣喜向往之情,往往能使人一开卷就引起感情的共鸣。次二句,写他溯流而上,向溪涧的源头前进;到了上岸处,兴致仍然十分浓厚。这是全诗的第一个层次,即纪游。轻快灵动的诗句,已引领读者步入佳境。

以下八句,即依照游历次序,描绘途次的风景。诗人循溪畔步游,但见溪边水波澹澹,并在山湾处汇集,凝成了一个澄碧的深潭。潭上烟雾弥漫,使他感觉凛然生寒。环视溪潭岸上,修竹环合,摇曳风中,虽经秋霜之冻,愈见得青翠光润,葱郁可人,显出坚贞的品质。“团栾”亦作“檀栾”,形容竹的形貌之词。“寒姿”指水,“霜质”谓竹。诗人沿着溪潭继续游赏,遥看涧流弯弯曲曲,像蛇一样蜿蜒而去,使他难以辨明流水的去向。举目望去,山林伸向远方,那山岩也随着林子延伸，越到远处，看起来岩层越密。诗人置身在这无边无际的深碧苍翠之中，已经不知道是白天还是晚上。他朝西看，密林中漏下的落日余光斑斑驳驳，令人怀疑可能已是夜晚，明月初升了。再向东看，岩壁上隐现出昏黄的月色，又使他怀疑是夕阳正在沉落。灵运写山水景色，最擅长实景实写，细腻刻画。正如王夫之所评："取景则于击目经心，丝分缕合之际，貌固有而言之不虚"(《古诗评选》卷五)。这六句，从视觉、触觉、感觉、错觉多方面着笔，准确地表现出深山大壑中密林幽涧的气象，又利用浅深、明暗、远近的对比，显示了山水的繁复、曲折，阴暗、清冷，造成一种幽深、神秘、变幻莫测的境界。如此神秘幽异的原始山林景色，是前人所未见到也未写过的。灵运写山水，为了达到"情必极貌以写物"的目标，便力求"辞必穷力而追新"，以新的语言词眼表达新奇的意象。这几句中的"委"与"迥"，"屡迷"与"逾密"，状景异常精细逼真。"澹潋结寒姿，团栾润霜质"一联，在上下句之中造设"澹潋""团栾"两个叠韵词对偶，造成听觉上整齐铿锵的韵律感；而"结"与"润"两个动词，分置于句中第三字的中间位置，构成"句中眼"，更使景物呈现出活泼的生气与清新的韵致，显出诗人的匠心巧思。"践夕"二句，总揽一笔，说自己在深山中只顾赏玩幽景，忘却了时间的推移，不觉中，已从早上游到了黄昏。而岩林最幽深最隐蔽的地方，也都游历到了。以上是第二层次，诗人以其丽情密藻铺叙景物，形成了全篇最精彩的部分。

“蛊上”以下八句，是第三层次，即兴情悟理。这一部分写得较为枯燥，下面略作解释。“蛊上”，谓蛊卦上九。《周易·蛊》说：“上九，‘不事王侯，高尚其事。’”“履二”，谓履卦九二。《周易·履》说：“九二，‘履道坦坦，幽人贞吉。’”“贵”“美”都是主张、赞赏之意。“幽人”和“高尚”两句紧承上两句，进而抒发情怀，说凡隐逸之人，都是心怀坦荡，安行无碍，这种高尚之风，高远之趣，真是举世无双的了。读者不难发现，灵运这里已是以“幽人”自居了。“颐阿”，应答之声；“何端”，即何由。这一句意思说，我身心都沉浸在阒无人迹的山林之中，再也无由听到謦欬之声了。“寂寞”句，同样出于《老子》：“圣人抱一为天下式”“载营魄，抱一能无离。”“一”是道或大全的意思，抱一就是守道。这句说：我只能在寂寞中把思想感情寄托于老庄玄理，安性守道。结尾一联，上句的“如”字，应作“知”。《庄子·缮性篇》说：“古之治道者，以恬养知，生而无以知为也，谓之以知养恬。知与恬交相养，而和理出其性。”其大意是说，知识是有害的，要追求“大道”，就必须恬静无为，任其自然，摒弃知识。而摒弃知识，才是真正的“知”。恬静无为养育了这个“知”，而这个“知”又反过来养育了恬静无为。二者“交相养”、相互促成，人性中就产生了“和理”（指至为纯粹平和的精神境界）。这个方法，就是“缮性”。缮是“治”的意思，治性，亦即养性之意。灵运在这里说，在此自然的环抱中,他感到自己已经达到了"恬知交相养"的境界,从此可以去讲究养生之道了。

这首诗虽然多了一个语言晦涩乏味的"玄言尾巴",但它不仅模山范水方面极为生动、清新,而且对于游历的过程、时间、地点、心情,都交代得明白清晰,表现出一种登涉之趣。因此,我们读这首诗,仍然会在不知不觉中跟随着诗人攀岩泛流,徜徉于山光水色之中,从而获得与大自然交感会通的审美上的愉悦。

(陶文鹏)

游岭门山

原文

西京谁修政？龚汲称良吏。
君子岂定所，清尘虑不嗣。
早莅建德乡，民怀虞芮意。
海岸常寥寥，空馆盈清思。
协以上冬月，晨游肆所喜。
千圻邈不同，万岭状皆异。
威摧三山峭，瀄汩两江驶。
渔舟岂安流，樵拾谢西芘。
人生谁云乐？贵不屈所志。

鉴赏

这首诗从题目看，应是纪游之作，而诗的前半部分却从治郡的政绩写起，这种闲笔似无关宏旨，实际上正透露了诗人潜结的意绪。永初三年(422)谢灵运出任永嘉郡守，原是刘宋朝廷内部权力之争的结果，以出身士族名门、“自谓才能宜参权要”的诗人，而今迁谪到一个僻远的边郡任职，其愤懑悒郁的心情不难想见。诗人骨鲠在喉，不得不吐，而驱走其笔端的山水，不过是他用来浇胸中垒块的酒杯而已。

诗的结构组织颇为均衡：全诗十八句，前八句(首句至“空馆”句)赋事，写郡政；次八句(“协以”句至“樵拾”句)写景，记游山；末两句以言志作结。写郡政本为倾泻自己的郁塞不平之气，却偏从前贤的美政写起，这在写法上是以宾衬主，欲收先声夺人之效。“龚汲”指西汉的龚遂和汲黯。龚遂字少卿，宣帝时出任渤海太守，当时渤海的社会秩序正处于混乱之中，他到任后开仓济民、劝民农桑，境内大治。汲黯字长孺，武帝时为东海太守，他尚黄老之术，以清静治民，“多病，卧阁不出。岁余，东海大治”。这两人都以治理边郡的政绩著称，与大谢此时的身份境遇暗合。“君子”两句由宾返主，从前贤说到自身，言所思者，非关区区个人的出处去从，唯以传承前贤的美政德行为念。接着便直陈自己治郡的德政。“建德乡”语出《庄子·山木篇》：“南越有邑焉，名为建德之国。”这里只是借用其字面，即指永嘉郡。“虞芮意”则谓此地民风淳朴、礼义相让。虞和芮本是周文王时两个毗邻的诸侯国，因土地纠纷欲请文王裁夺，两国国君入周后见百姓互谅互让，深感惭愧，遂自愿停讼息争。下两句中的“寥寥”“空馆”即由此句而引出，言官府衙署因无讼争之事而变得清闲和安静，所谓“禹治天下，朝廷之间可以罗雀矣”(《鬻子》语)。以上几句，从称美前贤一转而为夫子自道，言外颇有以龚、汲等历史名臣自许的神情。据史书记载，谢灵运在永嘉任上其实是采取消极无为态度的：“民间听讼，不复关怀。”因此这里的自得实际上是一种自饰，而在这自饰之中，又不无对朝廷慢待自己的牢骚意味。诗人以自标风操的方式回答政敌的打击，在失意中仍可见其倔强的个性。第八句中的“清思”，泛指清雅的文思、游思等，由此过渡至下面的出游。

“协以上冬月”以下八句为纪游部分，这部分组织得次序井然、神固气完。就时间而言，诗以“晨游”发端，而以“西芘”收束，西芘，指夕照中的林荫山影，其间由朝入暮，包含了完整的一天。就景物言，由总揽全局渐至局部和细节，步骤分明。先是总写：“千圻”句言水岸的纵横交错，曲折萦回；“万岭”句言峰峦的争奇斗险，千姿百态，两句极言山岭川壑之多，也概括了这一带山川形势的奇特风貌。后是特写，诗人从千圻万岭中独拈出“三山”“两江”的形胜作具体写照。按岭门山在平阳县城前，登山远眺，可北望飞云江，南望鳌江；“三山”或指楼石山，《初学记》载“温州楼石山，三石并高百丈，杪如剑峰”。《平阳县志》云：“山在平阳城西南五十里，周围四十三里，高数十仞，望如楼阁，号‘三山楼’。”三山为孤耸特立迥出岭表者，两江为贯串曲岸者，故特将这二者郑重表出之。“峭”“驶”二字，已勾勒出三山两江形貌，诗人意犹未尽，更用“威摧”“沛汩”渲染之。威摧，山势高峻貌，意同“峭”；沛汩，急流激荡貌，意同“驶”。此处用复笔设色，有意以生僻险涩的用语来加强景观的崎岖险巇之感，诚如陈祚明所说：“二语中‘威摧’字山形在目，‘沛汩’字水声在耳……大抵此地山水险异，诗亦穷极险异之态。”(《采菽堂古诗选》卷十七)而再往下的“渔舟”“樵拾”两句,又可谓是特写中的特写、大景中的细景。“渔舟”一作“渔商”,指渔人客商的船只出没于风波之中;“樵拾”指日夕时砍柴和采集野菜的村民离山归家。这两句是景语又兼含玄理:渔商危而樵拾安,两者的出处虽然不同,却都是顺性而动的。按魏晋玄学主张物各得其性,人如能“会通万物之性”“各安其所安”“则彼无不当而我无不怡也”(《庄子》郭象注),就能获得最大的人生自由。因此这两句不仅是寓目即景,而且也透露了诗人从眼前景物中悟出的玄思。诗的末两句正由此顺流而下,水到渠成:既然以“物畅其性”为生活鹄的,则人生最大的快乐,也在顺应自己的志向旨趣而不是屈从于他人或外物。诗人体物悟道,仿佛在游遨眺览中找到了精神的依托和凭借,终于发出了守志不屈、身处逆境之中而不向坎壈命运低头的抗争之声。

萧子显说谢诗“典正可采”(《南齐书·文学传论》)。即以本诗的章句组织来看,也体现出严整、匀称、工稳的特色。诗的赋事和纪游两部分句数相等。直接写景的有六句,共由三组偶句组成,每一组对仗的工整自不必说,组与组之间的承接方式也齐整如一:每组的出句直承上组的对句,而每组的对句又遥应上组的出句。如“威摧三山峭”承“万岭”而来,“滞汩两江驶”则遥应“千圻”;“渔舟”承“两江”而来,“樵拾”则遥应“三山”等。正如刘勰所谓“外文绮交""宛转相腾"(《文心雕龙·章句》),从而形成一种交错回环的美。从这首诗对章句对称美的艺术追求中,也可见六朝崇尚典雅的审美趣味之一斑。

(钟元凯)

石 室 山

原文

清旦索幽异，放舟越坰郊。
苺苺兰渚急，藐藐苔岭高。
石室冠林陬，飞泉发山椒。
虚泛径千载，峥嵘非一朝。
乡村绝闻见，樵苏限风霄。
微戎无远览，总笄羡升乔。
灵域久韬隐，如与心赏交。
合欢不容言，摘芳弄寒条。

鉴赏

灵运《山居赋》有句云："室、壁带溪。"自注云："石室，在小江口南岸；壁，小江北岸。"《山居赋》描写的是灵运家乡始宁一带的山水景物，所以本诗应是在始宁墅时所作的。

在这首纪游诗中，前六句写一个天气清爽的早晨，诗人为探幽索奇，追寻异景，放舟江中，越过城郊林野，向前疾驶而去。随着舟驶水逝，那江心兰草丰茂的沙洲，仿佛在急急地向后退去；而前方本来隐隐可见的长满苔藓的青山，却逐渐高大起来。举目远望在那大片森林的一角，石宝山秀峰峭拔，耸出林表，一条清泉飞瀑，自山顶倾泻而下。“莓莓”以下四句，构思极精妙，是全诗的精彩处。前两句是以动观静的妙笔。兰渚、苔岭本是嵌在江心的静景，由于舟驶迅疾，才有急急而去和迎面而来的感觉，从而将静景点化为动景。后两句则一写石室之高，一写瀑布之长，前者自下而上，后者自上而下，造成了山水相映生辉的生动感。

诗的中间四句，转写石室山的清冷孤寂。虚泛、空广之意，这里用以形容水。那清澈的江流，由于地处偏远，无人赏识，所以说它徒自“虚泛”，空流千载。那峻峭的石室山，同样也因地处僻野，徒自“峥嵘”，孤寂冷落，已非一日。这二句分写山水，承上“兰渚”“苔岭”和“石室”“飞泉”各句的写法，结构整饬。下二句是总写，言山水虽清幽如此，但却不被乡村农人所知晓，甚至樵采之人，也被山风和云岚所限隔，无法来到。言下大有为石室山的不遇深深叹惋之情，自然，此中也隐含着诗人政治上不得意、不受知遇的苦闷。这种将人与自然作比照、启人联想的手法，是很含蓄而又高妙的，读者须要细细品味之。

山水既难以深入，仕途也不见顺利，诗人只得在求仙访道中寻找精神慰藉。诗的后六句即具道此意。“微戎”当是“微我”之误，即“非我”之意。“总笄”是以簪束发，指刚刚成年。“乔”即仙人王子乔，“灵域”指他隐居之地。“微戎”以下四句是说，不是我不能游览得更深更远，而是我从少年起就企羡王子乔的升仙，现在身处这幽绝的山中，不由觉得此处就是他韬光藏隐的地方，我的心灵也似乎与他交流沟通起来。言下之意，这儿已恍若仙境，我又何必再“远览”呢？“合欢”即合欢树，据说可以“使人不忿”。在诗的最后二句中，诗人站在合欢树下，摘下它的芳瓣、玩赏着它那还带有寒意的枝条，他的心灵已经与这仙气缥缈的石室深山冥然契合了，这种无比宁静、无比快乐的境界，是无法用语言表达的，他也不容许自己说话来打破这种宁静。诗人久久地伫立着，冥想着，全诗就在这种物我圆融相契、浑然为一的使人悠然神往的气氛中拉上了帷幕。

这首诗通篇显得气清神清，没有谢诗常见的“玄言尾巴”，这是它的突出之处。在其他诗安置玄言的地方——诗的结尾，这首诗却塑造了一个“摘芳弄寒条”的诗人形象。芳以象征其贞洁之志，寒以象征其清峻之骨。而这“芳”与“寒”，又与全诗的氛围十分和谐。从这一点上说，本诗应算是谢诗中较为浑成的一篇。

（臧维熙）

过瞿溪石室饭僧

原文

迎旭凌绝嶝，映泫归溆浦。
钻燧断山木[1]，掩岸墐石户[2]。
结架非丹甍[3]，藉田资宿莽[4]。
同游息心客，暧然若可睹。
清霄扬浮烟，空林响法鼓。
忘怀狎鸥鲦[5]，摄生驯兕虎[6]。
望岭眷灵鹫，延心念净土。
若乘四等观，永拔三界苦。

注

① 燧(suì)：取火具，即火石。
② 墐(jìn)：以泥涂塞。
③ 丹甍(méng)：红色屋脊，代指华丽的宫室。
④ 藉田：指在田中耕作。宿莽：经冬不死的草。
⑤ 鲦：同鯈(tiáo，又读 yóu)。鱼名。亦称白鲦。
⑥ 兕(sì)：古代犀牛一类的兽名。

鉴赏

此诗系作者任永嘉太守时所作。其题目一作“登石室饭僧”，又作“过瞿溪山饭僧”。瞿溪、石室山均在永嘉郡永宁县(今浙江温州)。饭僧，犹言斋僧，施饭食与僧人。

开头六句写诗人一路经行所见。他迎着旭日，凌越陡峭的山间小路；渡过溪涧，映着活泼泼的流水，来到水滨。嶝，登山小径。泫，即泫泫，水流貌。溆、浦，都是水边的意思。一路上但见山里人家过着简朴艰苦的生活：他们截断树木，钻木取火；他们的屋舍掩蔽于水边高崖之下，结构简陋，门户用泥土涂塞；他们的生计艰辛，赖以耕种的是长满野草的荒地。“钻燧”四句，不像通常的写法那样，把山中景致写得深迥清幽，而是真实地写出一个荒野深僻的环境。诗人似乎有意去饰取素，要传达出一种归真返璞的气氛。山中居民的生活是贫穷原始的，而诗人或许却由此而联想到古代高士的隐居生活。他在《山居赋》中提到的许多高士，便都是隐于深山贫穷度日的，如台孝威“依崖而穴墀”，便有似于“掩岸墐石户”。因此，“结架非丹甍”之句，固然是说山中人居室的简陋，但言外似有殿堂不及山林之意；而“藉田资宿莽”用了屈原诗句“夕揽洲之宿莽”（《离骚》）、“搴长洲之宿莽”（《九章・思美人》）中的名物，便似乎也有赞美隐士守道不阿、秉志高洁的意味。此外，诗人此行为饭僧而来，这种荒僻的环境气氛与他对于“外缘都绝”的“苦节之僧”（语见《山居赋》）的仰慕之情也是相协调的。

接下来“同游息心客”六句便写僧人。同游，指与诗人一同游处。息心客指僧徒。《后汉纪・孝明皇帝纪》：“沙门者，汉言息心，盖息意去欲而归于无为也。”佛家认为须去除一切世俗的欲念方能求得佛理的真髓。“同游”二句是说僧人居处已近，已可隐约望见了。暧然，不分明的样子。下面两句说，但见天上香烟缭绕，又听得空林中法鼓声声(讲佛法时要击鼓焚香)。因为天气晴朗，烟气便更为轻扬，所以用“浮”字。因为是空荡荡的树林，所以法鼓声传来更加清晰响亮。“忘怀狎鸥鲦，摄生驯兕虎”是赞美僧人慈悲好生，清净淡泊，乃能与鸟兽和谐相处。《山居赋》云：“顾弱龄而涉道，悟好生之咸宜。……抚鸥鲦而悦豫，杜机心于林池。”是说自己从小奉佛，不为杀生之事，明悟万物好生之理。因无害物之心，故能与鱼鸟各悦豫于林池。其意与“忘怀”二句相近，不过一为自述，一为赞美僧人而已。这里用了《庄子》《老子》《列子》中的典故。《列子·黄帝篇》说，海上有人好鸥鸟，每日到海边与之游戏，鸥鸟成百飞来，彼此都无猜嫌之心。一日，其父对他说：“你可取鸥鸟来，让我玩耍。”次日他到海边，鸥鸟便飞舞而不下。又《庄子·秋水》说，庄周游于濠梁之上，体会到鲦鱼从容出游之乐。又《老子》五十章说：“善摄生者，陆行不遇兕虎。”老、庄认为，体道者泯灭机心，则鸟兽视之如同类，既不畏惧他，也不加害于他，便可做到“入兽不乱群，入鸟不乱行”(《庄子·山木》)，万物融融，浑然无物我之别。谢灵运这里将佛道二家的思想融汇在一起了。

最后四句抒发因饭僧引起的向往佛境之情。灵鹫，山名，在古印度摩揭陀国王舍城附近，是释迦牟尼常与弟子们说法之处。净土,佛家所谓庄严洁净的极乐世界。“若乘”二句是祈愿自己能获得佛家所谓智慧,弘扬佛性,永远超脱人世间的种种苦恼。观,佛家对世界的观察、观照。为了灭罪成佛,大彻大悟,有种种观法。三界,佛教认为生死往来之世界分为三,即欲界、色界、无色界。

谢灵运少年时便信仰佛教。他与名僧慧远、慧琳等人多有交往;曾注释《金刚经》,修改润色大本《涅槃》,还写有一些佛教论文。其阐扬顿悟之义的《辨宗论》即作于任永嘉太守时。这首诗正是他在永嘉与僧人游处的记录。东晋南朝文人奉佛、与僧徒交往者甚多。士大夫多好山水,僧人息心修道常在山野之中,于是在文人或僧徒所作诗赋中,便出现了将山水描写与佛理相结合的情况,此诗也是其中之一。这是佛教影响于文学的表现之一,在文学史上值得注意。后世同类作品,如唐代大诗人王维那些描写深山古寺或富有禅趣的山水诗作,可说就是继承晋宋时此类作品而加以发展的。

(杨　明)

登上戍石鼓山

原文

旅人心长久，忧忧自相接。
故乡路遥远，川陆不可涉。
汩汩莫与娱，发春托登蹑。
欢愿既无并，戚虑庶有协。
极目睐左阔，回顾眺右狭。
日没涧增波①，云生岭逾叠。
白芷竞新苕②，绿苹齐初叶。
摘芳芳靡谖，愉乐乐不燮。
佳期缅无像，骋望谁云惬！

注

① 没：一作末，此从万历焦竑本。
② 苕：前人释义多不确。按陆机《文赋》有“苕发颖竖”，方廷珪注“草茎谓之苕”(《文选大成》)。兹从之。

鉴赏

上戍，地名；石鼓，山名：都在永嘉城西四十里。谢灵运在宋武帝永初三年(422)秋任职永嘉，这是到任后第二年春天写的。他是被排挤出朝的，所以赴任途中郁郁不乐，经过会稽始宁老家，他郑重告诉乡亲：“三载期归旋”

(《过始宁墅》)。来永嘉后写的作品也一再流露出这些情绪。

这首诗开头就写道:“旅人心长久,忧忧自相接。”“旅人”,自指。把郡守的身份说成是旅人,可见他对职守的态度。这两句应连成一句读,就是:旅人的心长久以来忧愁接着忧愁。这是化用《楚辞·哀郢》的句子:“心不怡之长久兮,忧与愁其相接。”下两句写忧愁的由来:“故乡路遥远,川陆不可涉。”“故乡”,似乎是指会稽,但这里一再说“遥远”(“不可涉”亦为遥远之意),这就不仅是指出生地,还兼指京都住地(建康乌衣巷有谢家大宅)了。古人诗文抒发的怀乡情绪中,往往有恋阙(怀念中朝)之情的交织。这两句仍是化用《哀郢》:“惟郢路之辽远兮,江与夏之不可涉。”屈原在《哀郢》中一开始就将去国之痛和怀乡之情打成一片,谢灵运这样模仿,可以见出其心情的相似。上四句写他的忧,下面写解忧的活动。“汩汩莫与娱,发春托登蹑。”“汩汩”,心情不安。“发春”,开春。他说“莫与娱”,可见很寂寞,所以他的登山不是那种情之所至的游览,而带有相当大的勉强性,只是借此打发打发寂寞罢了。“欢愿既无并,戚虑庶有协。”“欢愿”,欢乐美好的愿望。“并”,合,这里有实现的意思。“庶”,表示希望的副词。“协”,有谐调、缓和的意思。这两句是说,归去的愿望既然无法实现,那只有希望登高望乡能缓解一下愁闷。作者同时写的《郡东山望溟海》有“瞰海庶忘忧”,意思相近。

对于这次登山活动来说，上面八句都可谓之将登，下面就是登览了。“极目睐左阔，回顾眺右狭。”“睐”“眺”都是看。左、右一般是指东、西方位，“左阔”，大概是指东方的大海，“右狭”，大概是指西面的山岭，这就自然有一“阔”一“狭”之感了。“日没涧增波，云生岭逾叠。”这是写暮景：太阳下山了，初春的寒风吹起了山涧的水波，令人感到丝丝凉意；晚云一层层起来，萦绕在山头、横亘在山腰，在暮色中望去，似乎山岭又增添了许多重叠。“白芷竞新苕，绿苹齐初叶。”“白芷”“绿苹”都是美草名，白芷这时生出了新茎，绿苹也长出了新叶。这里用“竞”“齐”二字，显出了欣欣向荣的生命的活力。这两句又是化用《楚辞·招魂》“绿苹齐叶兮白芷生”。上面是登览所见，用三个层次写景。一般评论说，谢诗的景与情是分离的，其实也不尽然，这首诗的写景中也见出情绪的波动。他是来解忧的，当他极目远眺时，心胸一时有所扩张（由“阔”字见出），但又很快局促起来。他忧郁的内心像有一股无形的力，将他忧郁的目光从开朗的海面扭转过去，投向山岭、深涧，投向和他心境相合拍的地方。在生机勃勃的初春，触动他感怀的却是落日晚风、却是那层层叠叠的山岭，他联想到的只是归途的阻险、关山的难越。他为解忧而来，却依然被忧愁所包围。“极目”以下四句，无一情语，而情自在其中，这不是情景交融的典范吗？那么，白芷绿苹的芳华竞秀、赏心娱目，应当说会使他的心境有所欣悦了吧？然而并不这样。

下面四句就是他的感想。“摘芳芳靡谖，愉乐乐不燮。”“谖”，忘记。“燮”，和谐。这两句说，摘取芳草而芳草并未使他忘忧，一时愉乐而终不愉快。这是紧接前二句而发的，可见香草纷呈最终也治不了他的心病。“佳期缅无像，骋望谁云惬！”“佳期”，指回归之期。“缅无像”，遥遥无凭，“骋望”，纵目远眺。“惬”，舒适。这两句说，那回归的日子不知在何时，即使登高遥望，又叫人怎么高兴得起来呢！这是登览总的感慨，也是照应前面的“故乡路遥远”。这两句又是化用《楚辞・湘夫人》“登白薠兮骋望，与佳期兮夕张”的句子。

这首登览诗表现的是去国离乡的悒郁之情。值得提起的是，作者在本诗中(其实不止本诗)频繁地袭用屈原作品的语汇和意象，虽然他们思想怀抱差别很大，但在谢灵运本人来说，他认为自己的被迫外任，是类似屈原的遭遇的。由此也可见出他对宋政权的怨怼愤懑。黄节《谢康乐诗注》引张山来评云：“写景不厌其繁，能换面目之故。”其实本诗写景并不算太“繁”，“能换面目”倒是事实。写景的六句，三个层次很是清爽，“白芷”两句尤为鲜活。这首诗总的来说，用笔比较清朗、生动，不像他的有些作品那样平板、生涩和多用玄言。在谢灵运的写景抒情之作中，这首诗堪称佳构。

（汤华泉）

石壁立招提精舍

原文

四城有顿踬，三世无极已。
浮欢昧眼前，沈照贯终始。
壮龄缓前期，颓年迫暮齿。
挥霍梦幻顷，飘忽风雷起。
良缘殆未谢，时逝不可俟。
敬拟灵鹫山，尚想祇洹轨。
绝溜飞庭前，高林映窗里。
禅室栖空观，讲宇析妙理。

鉴赏

大诗人而兼大学者，两方面都能拔萃超群，俯视当世者，在诗史上似乎仅谢灵运一人足以当之。灵运家“长玄学”，说理谈玄有“万顷陂”之称，更广交高僧，玄佛互参。他不仅参与《大涅槃经》华译，注释《金刚般若经》，而且对佛学理论有极深的造诣。当时竺道生倡众生都可顿悟成佛之说，因不见于旧译经藏，被视为异端新论。灵运作《辨宗论》阐述之，发为积学顿悟之说，所论竟为后译《大涅槃经》所证实。唐代南宗禅精义，于此已具大体。本诗就隐隐含有新论之理义在。

景平元年(423)秋,谢灵运果然践诺了《过始宁墅》诗中所立下的誓愿,挂冠永嘉,归隐山居,不久于巫湖南第一谷原谢安故宅处,营立石壁精舍。所谓精舍,原是儒者教授生徒处,后用以称佛寺。据本诗及《文选》李善注可知,石壁精舍实为灵运家寺兼读书处。

去永嘉守归隐时,灵运感到仕隐之矛盾总算解决,自己以先王之道义战胜了世俗的病累,一时沉浸在一种"道德的自我满足"之中。"野旷沙岸净,天高秋月明。憩石挹飞泉,攀林搴落英。"(《初去郡》)其心情较之永嘉时轻松了不少。营构石壁精舍一举也正有进一步涤荡物累,洞明心神之意在,所以其精神状态是高朗的。这是因为中国化的佛氏顿教,参融了老庄的玄理,与专讲苦空寂灭的印度佛教异趣,而讲究在积学充实的基础上,内心的一点灵明顿然发挥,达到成佛的精神境界,这种"佛"与庄子所说的至人、神人,其实相同,始终在于精神之向上一路。诗的前十句即参融佛理,剀陈自己明道顿悟的过程。

《因果经》说净饭王子(释迦)年渐长大,出四城门游观,至前三门所逢生厌唯欲,至第四门而出家。《维摩诘经》又云:佛有过去、现在、未来三世。诗的前四句说,释迦成道也有过困顿颠踬,而一朝觉悟就三世互转,生生不息。众生也如此,眼前的一切欢乐都如浮沤,徒增昏昧,但灵明一点存于本心,是即佛性,它也贯串于相生相续的三世之中,只是为浮欢所蔽,就像明镜蒙尘,宝珠被垢,而其光不灭,一旦发明就可于沉埋中突破,照鉴一切,顿入佛境,这就是所谓"沈照"。以此来反省自己的生活历程,诗人痛感早年虽有高栖养性的素志,但因三十壮龄后,误入仕途,沉埋于美食歌乐,困顿于宦海风波,而一延再缓,前期空许,蹉跎十年后不觉已年届不惑,就如日过中天,已向老境渐渐迫近了。这也就是《游南亭》诗中所说的"乐饵情所止,衰疾忽在斯"之意。然而就如飘忽急雷拔地而起,挥霍刹那间,已从前此梦幻般的生活中惊醒顿悟,于是有此番较过始宁宅时所许三年之期更早二年的突然归隐。初志得遂,可见心中的佛因灵明尚未凋谢,只是岁已晚矣,时不我待,再不可重蹈前辙,而当抓紧时间,不断地养生修心。这也就是前期顿教所说的,在积学顿悟后,尚须植德保任,不使灵明泯没之意。因此诗人遥遥敬想古印度舍卫国孤独长者敬慕如来之说法,倾家布金购取祇陀太子园林,营建祇洹精舍以献的遗轨,恭肃地拟则释迦所住灵鹫宝山的规制,营构了这座石壁精舍以奉佛。今日精舍落成,但见绝壁悬瀑飞泻庭前。高峰林影掩映窗里。这清空一气的环境,正宜于独栖禅室,面壁静参万有归无的空观,与二三子相聚讲堂,共析疑义,悟解佛门至深至玄的妙理。

这首诗谈了不少佛氏精义,也多用佛语,对于执定以"状溢于目前,思存于象外"为中国古典诗歌传统的读者来说,定会起抽象过甚之讥。然而如果把尺度放宽一点,承认哲理诗也不失为诗之一类,特别是考虑到山水诗与玄言诗有所联系后，再仔细品味，就会感到它不失为一首淡中见醇，癯而能腴的佳作。它与前此的淡乎寡味的玄言诗，与后来宋人索莫乏气的道学诗有根本的不同：

首先是说理与生活实感的乳水交融，谢客对明性见佛，顿悟解脱这佛氏妙理的参透，实基于他当时历经反复，毅然挂冠的生活经验。所以前十句中说理与追省交替而下，以唱叹出之，读来有回肠荡气之感。这是与作为清淡附庸的玄言诗，空论心性的道学诗最根本的不同处。

其次是深入浅出，而不俚俗。精妙的佛理，在他仅三言两语就挈出要领，又参以形象的比喻，今人只要具有基本的佛学知识就可看懂；在当时佛学为士子之必修的风气中，当然更不成问题。相比之下，后世的哲理诗，如王梵志诗就过于俚俗。王维的《胡居士卧病遗来因赠》则显得较为生涩。这种语言特色，其浅切处可使读者较直接地进入诗歌的感情，同时其雅驯处又与诗歌的理致相应，产生一种清远悠长的韵味。

再次是本诗结构造语上的高度艺术性，仍显现着谢客一贯的创作个性：于浑成中见紧健拗峭之势，于清秀中见崒焉不群之态。诗分三层，前六句结合身世说理，中六句正写顿悟前非，于石壁立招提精舍。最后“绝溜”以下四句状精舍美景，拟想今后在其中的悟道生活。这个结构甚见匠心。如是庸手作来，必依常规先点题写营构石壁精舍，然后折入如何谪宦，如何悟道，最后再回扣题意，以唱叹或悬想作结。这样就会平弱乏力。谢客先反复剀陈心曲，宛转而下，然后以“敬拟灵鹫”二句作收束，挽入立精舍本题，诗势就如同江流为峡谷束起，顿见精神，复又越峡而出，发为“绝溜”“高林”一联的景语，将绝壁清溜，高林岚光，自然界山山水水的清气，一总收束到精舍明净无垢的窗口里，这飞动崒兀而高朗澄澈的景象，不正是诗人悟道后心胸的物化吗？至此境界又上一层楼。四句之中两起高潮，然后荡为末二句的拟想，就余波荡漾，余味无穷了。这是一、二层次与第三层次之间结构与景象的妙处。再看一、二层之间，过接处为“挥霍梦幻顷，飘忽风雷起”二句。按理是有“风雷起”，才有“梦幻”破于一旦。但如先写“风雷”，再落到“梦幻”，诗势又缓了下来，必得如此上下句倒装，由“风雷”居后，才能振起后半部分的新境界。加以比喻得体，形象劲挺，就更显得拗健了。这种倒装也用在“敬拟”“尚想”这两个关键句中、而巧妙有所不同，依理，当是想起孤独长者之遗轨，才有拟灵山建石壁精舍之举。但如以“敬拟灵鹫则”殿后，此句意思重实，再接写风景的话，诗歌的节奏就过于紧促了。必以“尚想祇洹轨”句居后，利用遥想的虚远之感作一荡，下面的景语才能飞动起来，轩昂纸上。两处接榫的两个倒装，一以劲句置后，一以缓句作殿，看似相反而取势达意的道理却一致，异曲同工中，足见谢客章句锻炼的深厚功力。就这样结构与造景两妙相融，遂使枯燥乏味的哲理诗显得墨气精光，溢于纸上了。

我们不妨认为谢朓、王维发展了谢客以禅入诗的传统，使理与景更为融和一片，作出了诗歌史上的创新；然而却不必门户森严，以致数典忘祖，把谢诗的精妙也看成糟粕。

还应附说一句，本诗也是佛学史上的一份宝贵资料。早期顿教的论著虽有留存，但理旨玄深，不易领会，谢客此诗现身说法，对于我们理解教旨与探索禅与生活的结合而形成嗣后中国士大夫的独特品貌，足资参考。

（赵昌平）

石壁精舍还湖中作

原文

昏旦变气候，山水含清晖。
清晖能娱人，游子憺忘归。
出谷日尚早，入舟阳已微。
林壑敛暝色，云霞收夕霏。
芰荷迭映蔚，蒲稗相因依。
披拂趋南径，愉悦偃东扉。
虑澹物自轻，意惬理无违。
寄言摄生客，试用此道推。

鉴赏

宋景平元年(423)秋天，谢灵运托病辞去永嘉(治今浙江温州)太守职务，回到故乡会稽始宁(今浙江绍兴市上虞区)的庄园里。这里曾是他族曾祖谢安高卧之地，又是他祖父谢玄最初经营的庄园，规模宏大，包括南北二山，祖宅在南山。谢灵运辞官回家后，又在北山别营居宅。石壁精舍就是他在北山营立的一处书斋。精舍，即儒者授生徒之处，后人亦称佛舍为精舍。湖，指巫湖，在南北二山之间，是两山往返的唯一水道。此诗当作于元嘉元年(424)至三年之间。

此诗乃灵运山水诗中的名篇，因而较为典型地体现了宋初诗风嬗变的某些特点。刘勰在《文心雕龙·明诗》篇中曾精辟地概括说："宋初文咏，体有因革，庄老告退，而山水方滋。俪采百字之偶，争价一句之奇；情必极貌以写物，辞必穷力而追新。"而此诗恰好在讲究骈偶、刻意炼句，写景尽态极妍，文辞追求新奇等方面，均具有极为显著的特色。

起首二句即对偶精工而又极为凝练，从大处、虚处勾勒山光水色之秀美。山间从清晨的林雾笼罩，到日出之后雾散云开，再到黄昏时暝色聚合，一天之内不仅气候冷暖多变，而且峰峦林泉、青山绿水在艳丽的红日光辉照耀下亦五彩缤纷，明暗深浅，绚烂多姿，变态百出，使人目不暇接，赏心悦目。"昏旦""气候"，从时间纵向上概括了一天的观览历程；"山水""清晖"，则从空间横向上包举了天地自然的立体全景。而分别着一"变"字、"含"字，则气候景象之变态出奇，山光水色之孕大含深，均给读者留下了遐思逸想。两句看似平常，却蕴含博大丰富。

"清晖"二句，用顶真手法蝉联而出，承接自然。虽由《楚辞·九歌·东君》中"羌声色兮娱人，观者憺兮忘归"句化出，但用在此处，却十分自然妥帖，完全是诗人特定情境中兴会淋漓的真实感受，明人胡应麟云："灵运诸佳句，多出深思苦索，如'清晖能娱人'之类，虽非锻炼而成，要皆真积所致。"(《诗薮·外编》)即指出了诗人并非故意效法前人,而是将由素养中得来的前人的成功经验,在艺术实践中触景而产生灵感,从而自然地或无意识地融化到自己的艺术构思之中。“娱人”,使人快乐;“憺”,安然貌。不说诗人留恋山水,乐而忘返,反说山水娱人,仿佛山水清晖也解人意,主动挽留诗人。所谓“以我观物,故物皆著我之色彩”(《人间词话》)。

“出谷”二句承上启下:走出山谷时天色还早,及至进入巫湖船上,日光已经昏暗了。这两句一则点明游览是一整天,与首句“昏旦”呼应;同时又暗中为下文写傍晚湖景作好过渡。

以上六句为第一层,总写一天游石壁的观感,是虚写、略写。“林壑”以下六句,则实写、详写湖中晚景:傍晚,林峦山壑之中,夜幕渐渐收拢聚合;天空中飞云流霞的余氛,正迅速向天边凝聚。湖水中,那田田荷叶,重叠葳蕤,碧绿的叶子抹上了一层夕阳的余晖,又投下森森的阴影,明暗交错,相互照映;那丛丛菖蒲,株株稗草,在船桨剪开的波光中摇曳动荡,左偏右伏,互相依倚。这四句从林峦沟壑写到天边云霞,从满湖的芰荷写到船边的蒲稗,描绘出一幅天光湖色辉映的湖上晚归图,进一步渲染出清晖娱人、游子憺然的意兴。这一段的写法,不仅路线贯穿、井然有序,而且笔触细腻、精雕细琢,毫发毕肖。在取景上,远近参差,视角多变,构图立体感、动态感强;在句法上,两两对偶,工巧精美。这一切,都体现出谢诗“情必极貌以写物,辞必穷力而追新”的特点。虽系匠心锻炼，却又归于自然。

“披拂”二句，写其舍舟陆行，拨开路边草木，向南山路径趋进；到家后轻松愉快地偃息东轩，而内心的愉悦和激动仍未平静。这一“趋”一“偃”，不仅点明上岸到家的过程，而且极带感情色彩：天晚赶忙归家，情在必“趋”；一天游览疲劳，到家必“偃”(卧息)。可谓炼字极工。

末尾四句总上两层，写游后悟出的玄理。诗人领悟出：一个人只要思虑淡泊，那么对于名利得失，穷达荣辱这类身外之物自然就看得轻了；只要自己心里常常感到惬意满足，就觉得自己的心性不会违背宇宙万物的至理常道，一切皆可顺情适性，随遇而安。诗人兴奋之余，竟想把这番领悟出的人生真谛，赠予那些讲究养生(摄生)之道的人们，让他们不妨试用这种道理去作推求探索。这种因仕途屡遭挫折、政治失意，而又不以名利得失为怀的豁达胸襟，在那政局混乱、险象丛生、名士动辄被杀、争权夺利剧烈的晋宋时代，既有远祸全身的因素，也有志行高洁的一面。而这种随情适性、“虑澹物轻”的养生方法，比起魏晋六朝盛行的服药炼丹、追慕神仙以求长生的那种“摄生客”的虚妄态度，无疑也要理智、高明得多。因而我们似不能因其源于老庄思想，或以其有玄言的色彩，便不加分析地予以否定。何况在艺术结构上，这四句议论也并未游离于前面的抒情写景之外，而是一脉相承的，如箭在弦上，势在必发。

本篇除了具有刘勰所指出的那些宋初诗歌的普遍特征之外，还具有两个明显的个性特点：一是结构绵密，紧扣题中一个“还”字，写一天的行踪，从石壁——湖中——家中，次第井然。但重点工笔描绘的是傍晚湖景，因而前面几句只从总体上虚写感受。尽管时空跨度很大，但因虚实详略得宜，故毫无流水账的累赘之感。三个层次交关之处，两次暗透时空线索。如“出谷”收束题目前半，“入舟”引出题目后半“还湖中”；“南径”明点舍舟陆行，“东扉”暗示到家歇息，并引出“偃”中所悟之理。针线细密，承转自然。其次，全诗熔情、景、理于一炉，前两层虽是写景，但皆能寓情于景，景中含情。像“清晖”“林壑”“蒲稗”这些自然景物皆写得脉脉含情，似有人性，与诗人灵犀相通；而诗人一腔“愉悦”之情，亦洋溢跳荡在这些景物所组成的意象之中。正如王夫之所评：“谢诗……情不虚情，情皆可景；景非滞景，景总含情。”(《古诗评选》)结尾议论，正是“愉悦”之情的理性升华，仿佛水到渠成，势所必然。前人赞其“舒情缀景，畅达理旨，三者兼长，洵堪睥睨一世。”(黄子云《野鸿诗的》)信非溢美。全诗充满了明朗奔放的喜悦情调，确如“东海扬帆，风日流丽”(《敖陶孙诗评》)。难怪连大诗人李白也喜欢引用此诗佳句：“故人赠我我不违，著令山水含清晖。顿惊谢康乐，诗兴生我衣。襟前林壑敛暝色，袖上云霞收夕霏。”(《酬殷明佐见赠五云裘歌》)即此亦可见其影响之一斑。

（熊　笃）

登石门最高顶

原文

晨策寻绝壁，夕息在山栖。
疏峰抗高馆，对岭临回溪。
长林罗户穴，积石拥基阶。
连岩觉路塞，密竹使径迷。
来人忘新术，去子惑故蹊。
活活夕流驶，噭噭夜猿啼。
沈冥岂别理，守道自不携。
心契九秋榦，目玩三春荑。
居常以待终，处顺故安排。
惜无同怀客，共登青云梯。

鉴赏

石门山，在今浙江嵊州，谢灵运《游名山志》说："石门涧六处，石门溯水，上入两山口，两边石壁，后边石岩，下临涧水。"又云石门为己南居。谢集中更有《石门新营所住，四面高山，回溪石濑，茂林修竹》诗、《石门岩上宿》诗，会同参看，当是宦海挫折，归隐所作，唯具体时间难以确定。有的选本谓《石门新营所住》诗为景平元年(423)由永嘉归隐作。本诗及《石门岩上宿》为元嘉五年(428)由秘书监任，不得意称疾东归后作。似并无确据。至于王渔洋谓石门在庐山，方东树谓在永嘉，似均因未见《游名山志》之故，不足为训。

全诗分三个层次。起二句点题，写晨登夕栖。“疏峰”以下十句，写宿山之所见、所闻。“沈冥”以下八句：即景抒情，结出诗旨。诗中的情理，仍不外乎谢客归隐诗之常径，一归之于庄子与大道合一，居常处顺，随缘推移，以养生终年之论；而其实则含隐有因仕途失利而生的愤懑不平，所谓安命云云，多少带有一种自我排遣的意味。诗的佳处是融情造景的精致有含与结构布局上的顺逆疏密，二者相合形成全诗森然傲兀的意态。

诗中的景物全由第二句“夕息”二字生发，以所宿之“高馆”为中心视点，写视觉与听觉印象。“疏峰抗高馆，对岭临回溪。”先总写高馆位置。疏即分疏、整治之意，抗即举也。有人将“抗”解为对抗之抗，谓上句是高馆对疏峰之意。似是而实非，因下句有“对岭”二字，岂非相重？其实上句句法一同于班固《西京赋》“疏龙首(山)以抗殿”，此馆分疏山峦而高踞峰顶，又遥对岭崖，深临回溪，真有独立中天，俯视万类之势。由高馆向下望去，近处是高木成林拱卫着山馆，乱石堆砌簇拥着阶基，人工的馆舍与自然的石木连成了一体。再举目远望，山岩叠连，竹林密排，使望中山路似断似续，曲曲弯弯，夜色中显得似有若无，迷迷离离。这景况当使来者失路徘徊，去者因找不到归径而迷茫。身居于此山之中,远处传来活活……活活……的声响,那应是山泉在暝色中流淌吧;嗷嗷连声,此起彼伏,正是那山中猿猨在夜月下悲啼。这时清森卓拔的山居又笼罩上一层凄迷空漠的色调,于是诗人自然从这"沈冥"之境中生发出了前述的感想。

这幅图景之所以为佳有三:

首先是视角之佳,景物由中心高馆到庭前,到远路,到深山,既有层次感,又有整体的融浑性,其内在联系则为由一点而由近及远的视觉印象。

其次是深切夜望的特色,近景尚分明,远路已渺茫,四周山谷则只能唯闻其声,不见其形了。

最成功的是虚实相间,营造气氛,融情入景。所见之与所闻合写,本已有虚实之感,但这在常人尚容易做到。难能的是灵运又一次出色地运用了他最谙熟的"隔"法,用"来人忘新术,去子惑故溪"二句虚写,把所见与所闻隔作二层写。隔的作用不是分整体为二,而是为了更好地融二层为一,颇有艺术辩证法的意味在。试想前数句所写山景,虽然结末用了"塞""迷"二字,但是总的形象是孤兀倔奇的,如径接"夕流""夜猿"二句,虽也可以,但效果不会好,唯因这二句中"忘""惑"二字作一逗顿,方使前文"塞""迷"之感充分舒展,然后夕流活活,夜猿嗷嗷,才能产生弥山漫谷的凄迷空漠气氛,再以"沈冥"二字收束点睛,玄理的阐发才能情理相融。所谓"空际传神",这就是一个范例。

由于景物营构中这三项特色，诗境显得非常深邃，试想这高馆的形势：沉沉夜色，隐隐夜籁，冥冥濛濛之中浮起群山，群山影影幢幢又拥起一峰，一峰独立又托起高馆孤峙。这沉冥中有傲兀之意的景象正是谢客以幽愤之怀论玄妙之理心态的写照，正与末段抒情议论中“心契九秋榦，目玩三春荑”——心同深秋贞木之坚挺，神同三春柔叶之舒闲相应，于是融情入景更转为景情理圆融一体，足见谢诗命意造景之深曲。

诗的构思也别具一格，题为“登石门最高顶”。却不写登的过程，而由在最高顶上夜望，将来时景物一一倒写补出，中间以“来人”“去子”两句接应，至结末再以“惜无同怀客，共登青云梯”呼应，草蛇灰线，浑然一体。这样写并非故意玩弄技巧，而是为起处即造成峻拔的形态，再借中段的“沈冥”气氛烘托，使结末慨叹无“同怀客”，深沉而有孤芳自赏之致。

试设想如顺写登山之所见闻，结末写宿顶，诗境就会显得平熟无奇。这种顺逆变化，与前已论及的顿宕、离合、勾锁，正是谢诗结构谨严深曲的表现。

（赵昌平）

石门新营所住，四面高山，回溪石濑，茂林修竹

原文

跻险筑幽居，披云卧石门。
苔滑谁能步，葛弱岂可扪。
嫋嫋秋风过，萋萋春草繁。
美人游不还，佳期何由敦。
芳尘凝瑶席，清醑满金罇。
洞庭空波澜，桂枝徒攀翻。
结念属霄汉，孤景莫与谖。
俯濯石下潭，仰看条上猿。
早闻夕飙急，晚见朝日暾。
崖倾光难留，林深响易奔。
感往虑有复，理来情无存。
庶持乘日车，得以慰营魂。
匪为众人说，冀与智者论。

鉴赏

石门山是浙江嵊州的风景胜地。谢灵运《游名山志》说："石门山，两岩间微有门形，故以为称。瀑布飞泻，丹翠交曜。"（《艺文类聚》卷八引）这首诗是诗人在山上营筑新

居之后所作。诗题四句，带有描述性质，与一般诗题立意不同，旨在突出对石门新居溪山林泉的喜爱之情。

发端二句，入手擒题，出语峻峭。新居既险且幽，已见迥绝尘寰之意，又以石门披云高卧衬出山势、新居之高，点带出高蹈之情，将营建石门新居的目的和高卧云山的情怀尽皆吐出。三、四两句是前两句的补充，写山径苔藓满阶，难以行走，路边葛藤又很柔嫩，无法攀援，点明人迹罕至，与世远隔，石门新居险幽高远的景色也生动地烘托出来。

“嫋嫋”以下十句，写对好友的怀念。当时，诗人的同道好友孔淳之、王弘之、僧镜游居于始宁、剡县、上虞一带，彼此相去不远。大约在石门新居初成之时，他们曾来欢聚同游。后来，友人散去，但美好的欢聚时光常使诗人难以忘怀。故而糅合屈原《湘夫人》：“嫋嫋兮秋风”和淮南小山《招隐士》：“王孙游兮不归，春草生兮萋萋”辞意，写出“嫋嫋秋风过，萋萋春草繁”两句，借以抒写情怀。山中节候，秋去春来，金风已过，春草又绿，这自然界的物候演变，节序有定，一年一度，周而复始，使诗人想起好友别去，重聚无由，心头不禁黯然，因而用《楚辞》象征手法，以美人、佳期指代好友、聚会，写出“美人游不还，佳期何由敦”两句，诉说对好友的深切思念和团聚的渴望。接下去的两句：“芳尘凝瑶席，清醑满金罇”，一喻久盼友人不来，芳尘清埃凝聚于玉饰座席；一写以金樽美酒相候甚久。因对好友情深意笃,盼归而不见,怅惘、空落之感转而深重,故而以“洞庭空波澜,桂枝徒攀翻”抒写心曲。上句化用《湘夫人》:“洞庭波兮木叶下”句意,下句化用《招隐士》“攀桂枝兮聊淹留”和屈原《大司命》“结桂枝兮延竚”辞意,巧妙化合,熔铸新句,也是百炼出冶,运思精凿。尤其“空”“徒”两字,极为形象,写出水天空阔而归舟杳然的空寂湖景、心境和把玩桂枝,遥思不见的凄凉情怀。在失望和孤独的心绪交织中,思念友人的情感益为强烈深沉,于是趁势打入一层,再以“结念属霄汉,孤景莫与谖”倾诉衷肠,抒发难以释怀的思念。他仰望高远的天空,格外感到形影孤单。忧苦既不能自忘,又无人相与慰藉。诗情至此,已是悲凉不堪,愁肠郁结了。可是,诗人心怀超旷,惯于借山水化其郁结。当他把视线重新转向山水美景时,内心的孤独、凄凉顿时散去。因而即景描摹,写出“俯濯”六句。先以“俯濯”“仰看”“早闻”“晚见”分写四景。“俯”“仰”着眼于从空间上写景物的不同,“早”“晚”则着眼于从时间上写景物的区别。通过时空交叉和转换,描绘出石门新居山水的清美景色。然后又以“崖倾”“林深”两句写光影倏逝、风振林木的山景。在这六句之中,有石潭的清影、猿狖的跳跃、晚风的劲吹、朝日的初升和危崖的瞬光、深林的风吼,把“四面高山,回溪石濑,茂林修竹”的题意生动展示出来。其中“早闻”四句通过视觉与听觉形象描绘山的险峻幽深,尤为逼真。因有高山四面环峙,危崖倾斜,很晚才见太阳初升，而迟来的阳光映照山谷时，又瞬间即逝。与“晚见朝日”相反，石门山中的晚风却来得很早，而且风势很大，长驱直入，振响林木，松涛雷鸣，吼声远奔。这种朝日晚见，夕飙早闻的景象描绘，全从山居生活的实际中体验得来。

诗的最后六句，由写景转而为议论。“感往”两句是诗人山水审美活动的理性思考。他回顾人生，深感世事纷错，故思虑往复，悲从中来，心绪不宁。而当从山水中获得心智的启迪，顿然彻悟之时，便得以理化情，妙理若来，物我俱忘，达到无欲无情境界，为人间烦嚣所牵累的世俗之念也随而荡然无存了。显然，诗人的眷恋山水，营居石门，目的固然在于赏美，但他力图将这种审美活动提到以景悟道的高度，表现出强烈的山水理性精神。“庶持”两句中，“日车”，本指日神之车，此以借喻时光流逝。《庄子·徐无鬼》有“乘日之车，而游于襄城之野”的话。“营魂”，同“营魄”，意指精神、心灵。《老子》云：“载营魄抱一，能无离乎。”屈原《远游》云：“载营魄而登霞兮，掩浮云而上征。”王逸注说：“抱我灵魂而上升也。……魄，一作‘魂’。”诗中用这两个典故，借以表达渴望把握住流逝不停的时光，恣情游览，从山水中契悟玄妙之道，抚慰孤寂的心灵。在诗人看来，这种山水理性精神和深奥的道理，不是一般俗流所能理解的，只有深明哲理的智者才能懂得，故而以目空世人的孤傲语气说：“匪为众人说，冀与智者论。”联系上文,此处所说的“智者”,分明指他延贮久盼的同道好友。这样,思念故人之情便一线贯穿,显得婉曲深沉,真情内含。

(臧维熙)

从斤竹涧越岭溪行

原文

猿鸣诚知曙，谷幽光未显。
岩下云方合，花上露犹泫。
逶迤傍隈隩，迢递陟陉岘。
过涧既厉急，登栈亦陵缅。
川渚屡径复，乘流玩回转。
蘋萍泛沉深，菰蒲冒清浅。
企石挹飞泉，攀林摘叶卷。
想见山阿人，薜萝若在眼。
握兰勤徒结，折麻心莫展。
情用赏为美，事昧竟谁辨？
观此遗物虑，一悟得所遣。

鉴赏

这是谢灵运一首典型的山水诗。山水诗大抵有两种写法。作者以某一风景胜地为据点，静观周围山水景物，这是一种写法；另一种，则是作者本人在旅途之中，边行路边观赏，所见之景物是不断变化的。此诗即属于后者。

谢灵运本身写过一篇《游名山志》，文中提到“斤竹涧”。后人或据今绍兴东南有斤竹岭，去浦阳江约十里，以为斤竹涧即在其附近；近人余冠英先生在其所注《汉魏六朝诗选》中则以为此涧在今浙江乐清东，而乐清是在永嘉附近的。谢灵运在永嘉太守任上的时间是422至423年，而长住会稽（今绍兴市）则是元嘉五年（428）以后的事。由于地点的说法不一，这首诗的写作时间因之也较难判定。好在这诗以写景为主，对写作时间不妨存疑。

此诗共二十二句，可分为五节。第一节"猿鸣"四句，写清晨动身出游时情景。第二节"逶迤"四句，写沿山路前行而越岭过涧。第三节"川渚"四句，点出溪行。以上缴足诗题全部内容，概括而精炼。第四节自"企石"以下凡六句，由景及情，联想到深山中幽居避世之人，心虽向往而无由达己之情愫。最后"情用"四句为第五节，以抽象议论作结。全诗结构严密，用词准确，是山水诗之正格。这种凝练精致的写法极见功力，其源悉来自汉赋。窃以为大谢之山水诗乃以赋为诗的典型之作，此诗自是其代表作之一。

开头"猿鸣"二句，从听觉写起。既听到猿猴鸣叫，便知天已达曙，旅行者应该启程了。但因所居在幽谷，四面为高山所蔽，不易为日照所及，故曙光并不明显。三四句写动身上路，乃看到岩下云层密集，而花上犹有露珠流转，确是晨景。第二节，"逶迤"，指沿着曲折的小路前行。"迢递"，指山遥路远，前面似无尽头。"隈"者，山边之转弯处；"隩"者，水涯之曲折处。"逶迤"句是说这是一条依山傍水的斜曲小径，诗人沿此路弯弯曲曲地行进。小路走完，开始登山了，翻过一岭，须再登一岭（二岭之间山脉中断，故曰“陉”；“岘”，指小山峰），绵延不断。“过涧”句，写越岭后涉涧前行；“登栈”句，写涉涧后再走山间栈道。牵衣涉水为“厉”。“厉急”，涉过急流。“陵缅”，上升到高远处。以上四句详细摹写了自己登山过涧的行程，以下“川渚”四句转入行于溪上的描述。由于川中有渚，故溪路时直时曲。由于溪路千回百转，曲折多变，行人不能预测前面究竟应怎样走，因而一面走一面悬揣，捉摸不定。“蘋萍”二句，写溪行所见。大大小小的浮萍都浮贴在水的表层，看不出下面的溪水究竟有多深，仿佛萍下乃莫测的深潭。而菰蒲则挺生于水上，从茎叶中间望下去，能清晰地看到它们的根部插在水底泥中，所以显得水很清浅。

值得研究的是第四节的六句。“企石”句，是说在石上提起脚跟，用脚趾作为全身的力点，去挹取飞溅的泉水；“攀林”句，是说高攀丛林中的树枝，去摘取那还没有舒展开的初生卷叶。“想见”二句，用《九歌 · 山鬼》“若有人兮山之阿，被薜荔兮带女萝”二句的语意。下面的“握兰”，暗用《山鬼》“被石兰兮带杜衡，折芳馨兮遗所思”二句语意；“折麻”，又用《九歌 · 大司命》“折疏麻兮瑶华，将以遗兮离居”二句语意。这里的“山阿人”，乃借喻避居山林与世隔绝的高人隐士，他们的高尚品质为诗人所敬慕，而他们所生活的自由天地则更为作者所向往。可是这样的人只存在于诗人的理想或幻想之中，因此作者所向往和歆慕的那种超脱尘世的生活也就无从成为现实。所以作者说,虽有“握兰”“折麻”以赠知音的殷勤美意,却只能空空郁结在心中而无由展现出来。基于这四句诗的含义,我以为上面的“企石”二句,并不是作者本人去“挹飞泉”和“摘叶卷”,而是写那位“被薜荔”而“带女萝”的“山阿人”当寻取生活资料时在深山中的具体行动——以泉水为饮,以嫩叶为食:这同样是诗人想象中的产物。如果说“企石”二句只是写实,是诗人本身的行动,那么“挹飞泉”犹可说也;“摘叶卷”又有什么意义呢?谢灵运虽以游山玩水名噪一时,却未必攀摘初生的嫩树叶来果腹充饥。所以我释此诗,把这两句看成倒装句式,它们同样是“想见”的宾语。所谓“若在眼”,并不仅是“山阿人”以薜萝为衣而已,还包括了“企石”“攀林”等等活动。这样,诗境才更活,诗人丰富的想象才体现得更为生动。

最末四句,就沿途所见景物及所产生的种种思想感情略抒己见,结束全篇。“用”,因,由于。意思说:人的感情是由于观赏景物而得到美的享受的,至于深山密林中是否有“山鬼”那样的幽人,则蒙昧难知。不过就眼前所见而言,已足遗忘身外之虑;只要对大自然有一点领悟,便可把内心的忧闷排遣出去了。四句议论虽近玄言,也还是一波三折,以回旋之笔出之,并非一竿子插到底的直说。

前人评谢灵运诗,多讥其写山水景物之后每拖上一条“玄言”的尾巴。这一首也不例外。但如果设身处地为诗人着想,用这样的手法来写诗原是符合人的思维逻辑的。人们总是在接受大量感性事物之后才上升到理性思维加以整理分析,把所见所闻清出一个头绪来,然后根据自己的理解加以判断,或就自己的身世发出感慨。后人写山水诗亦大都如此,如韩愈的《山石》便是最明显的一例。这并非由谢灵运作俑,而是出自人们思维逻辑的必然。不过谢诗在结尾处所发的议论,往往雷同无新意,是其病耳。

(吴小如)

过白岸亭

原文

拂衣遵沙垣，缓步入蓬屋。
近涧涓密石，远山映疏木。
空翠难强名，渔钓易为曲。
援萝聆青崖，春心自相属。
交交止栩黄，呦呦食苹鹿。
伤彼人百哀，嘉尔承筐乐！
荣悴迭去来，穷通成休戚。
未若长疏散，万事恒抱朴。

鉴赏

这首诗作于景平元年(423)，即谢灵运出为永嘉太守的第二年初春。“白岸亭”，在楠溪西南，离永嘉八十七里，以溪岸有白沙而得名。

诗的开头两句点题，说诗人拂了拂衣袖，站起动身，沿着一条沙岸前进，缓步进入一座草屋，这就是白岸亭。“遵”，循，沿。“垣”，矮墙，此指岸沙堆积如垣。“拂衣”“缓步”，动作舒缓，透露出诗人起行时的闲适心情。次四句，写沿途风物。近处是一条溪涧，细细的溪水潺湲地流过密石；透过稀疏的林木，可以看见远方是高峻的山峰。青翠的山岚弥漫空中，既可睹可辨，又难触难摸，不知道给它一个什么名称，才能让读者得知其妙趣。而溪涧上渔钓者那种恬然自适的乐趣，却很容易地自然吟唱出来。这四句，用清新优美的文字，描绘出一幅远近有致、疏密相间、色彩鲜丽的青山绿水图画。"涓""映"二字，锤炼尤工。"涓"原指小流，这里用作动词，便状写出了涧水在密密山石间蜿蜒穿行的细小莹澈之貌、缓缓流动之态。"映"字则点明山是在疏木的空隙中映出的，富有层次感。至于"空翠"二字，更给整幅画面涂抹上一层半透明的青翠色调。用这个词来描状山色，确是诗人的匠心独运。后来唐代诗人王维也有"山路元无雨，空翠湿人衣"(《山中》)的名句。这弥漫山中的湿漉漉的无边空翠，带着清新的凉意，浸染、滋润了诗人的发肤和心灵，从视觉、触觉、感觉各个方面给了他难以形容的美感和快感，所以诗人才感叹它"难强名"。这三个字比起直接描写，更能发人遐想，沈德源称其"凡物可以名，则浅矣。难强名，神于写空翠者"(《古诗源》卷十)，可谓会心之言。读这四句诗，我们也不禁赞叹诗人确是神于写山水的妙手。且看这一幅山水画，色彩是如此协调，构图是如此和谐，境界又是如此鲜洁朗澄！此外，"空翠"句暗含《老子》"吾不知其名，字之曰道，强为名之曰大"(二十五章)的意蕴，将山水景色与老庄玄理融合在一起，既耐人咀嚼，又为下面的悟理先制造了气氛。

"援萝"以下，改从听觉角度来表现山水景物，而地点也悄悄转移出了白岸亭。诗人攀援着山间的藤萝,慢慢来到青色的山崖下,刚才还难以名状的空翠,现在却亲近在它身边了。怀着欣慰的心情,诗人凝神聆听,但闻一片悦耳之声传入耳鼓,沁进心灵,那是停在栎树上的黄鸟"交交"的啼唱,又夹杂着食苹的野鹿"呦呦"的鸣声。这自然界的天籁之音,这春天山林的交响乐,清新悠扬,优美迷人,令诗人心旷神怡,如痴如醉。"春心自相属",他的心灵仿佛也与山鸟野鹿一样,已融合在这春天里了!

诗的最后部分是悟理。黄鸟和野鹿的啼鸣,忽然使诗人想起《诗经》的《秦风·黄鸟》和《小雅·鹿鸣》这两篇诗。《黄鸟》是秦人哀悼为秦穆公殉葬的子车奄息等三个忠良之士的诗作,中云:"交交黄鸟,止于棘。谁从穆公?子车奄息。……彼苍者天,歼我良人!如可赎兮,人百其身。"《鹿鸣》是大宴群臣之作,中云:"呦呦鹿鸣,食野之苹……吹笙鼓簧,承筐是将。"承筐,谓用筐盛了币帛奉送嘉宾。黄鸟声中有哀,令诗人感伤;鹿鸣声中有乐,又令诗人嘉许。这些声音交织而至,更令诗人感悟到,荣华和憔悴时而来,时而往,实在无足深恋;人为了穷困和通显而忽悲戚、忽欣喜,也实在太无谓了。因此,还不如襟怀疏朗、神情萧散,对于万事万物,都抱着最朴素的态度,无贪无欲。"抱朴"一语,也出自《老子》的"见素抱朴,少私寡欲",遥应上文。这一段悟理虽无多少艺术性可资鉴赏,但其词气平达,与全诗的舒适清静气氛相合,故亦不觉刺眼。

全诗就是这样徐徐地走完了“纪游——写景——兴情——悟理”的过程，是谢诗的典型风格，其中图画美、音乐美与哲理美层层推进，又彼此渗透，相映成趣。就诗句的具体安排来说，本诗虽说几乎全用对偶句，但诗句前后承接又相互穿插，如“空翠”句紧接着“远山”句而补足其意，“渔钓”句则越过两句诗的空间排列地位而和“近涧”句遥相照应。“援萝”句先表现“聆听”之意态，再用“交交”两句点明所聆内容。而“交交”至“嘉尔”四句，又采用一、三句和二、四句穿插的连接方式。这样的安排，可谓细针密线，章法严谨，顾盼自如，使诗意此起彼伏，跳宕而流畅，毫不板滞，堪称是灵运诗的佳构。

（陶文鹏）

石门岩上宿

原文

朝搴苑中兰，畏彼霜下歇；
暝还云际宿，弄此石上月。
鸟鸣识夜栖，木落知风发，
异音同至听，殊响俱清越。
妙物莫为赏，芳醑谁与伐？①
美人竟不来，阳阿徒晞发。

注

① 醑(xǔ)：美酒。伐：夸美。

鉴赏

谢灵运于宋景平元年(423)辞去永嘉太守之职，回到始宁的祖居，又营造了一些新的庄园别墅，其一在石门山上(今浙江嵊州境内)。石门别墅地势甚高，茂林修竹，环绕四周，一道山溪，曲折流过，是一个幽深而美丽的居所，很受谢灵运的喜爱。这诗写他夜宿于石门别墅的岩石上，外物与内情相激的特殊感觉。谢灵运的山水诗，大多以刻画景物之精巧见长，此诗却以听觉感受为主；大多好谈老庄玄理，此诗却不发议论，而自有深趣在字里行间；甚至，谢诗常为人批评的辞义繁复、用语奥深的毛病，也不见于此篇中。总之,这是谢灵运的一首风格较为特别的作品。

开头四句,便有许多精彩。欲写夜宿,先说朝游,笔调来得舒缓。劈头而下、突兀而起,也是一种写法,但那比较适合激烈冲荡的情绪。像这诗要表达幽深情趣,便需缓缓引入。好似游山先渡水,才觉得味道悠长。但前二句不仅是个入题的铺垫,也是诗情的动因。“朝搴苑中兰”,语出《离骚》“朝搴阰之木兰兮”。兰是美好事物的象征,恐怕它在霜露中凋残,而采摘把玩,这是隐喻的写法,包含着珍惜具有才智和美德的生命的意味。谢灵运是一个非常自负的人,贬出永嘉,辞官暂隐,对于他是很难接受的人生挫折,难免有才智之士不能为世所容的怨艾与自怜,这情绪便在“朝搴苑中兰”的形象中表现出来。因此乃有暮宿石上、流连光华的举动。倘无前二句,全诗就变单薄了。后二句中,“云际宿”一则略带夸张地写出石门别墅所在之高,又暗用《九歌·少司命》“夕宿兮帝郊,君谁须(待)兮云之际”诗意,透出孤独无侣、似有所待的怅惘。归结到“弄此石上月”,一个高洁多情,极富美感的形象。“石上月”不是天上月,那是流动着的如水如雾的一片,那是轻柔宛曼的乐章。石的清凉,诗人的忧郁,都写在这音乐中了。

将四句诗连贯起来,可以发现一、三句同二、四句,均是松散的隔句对。“朝搴”与“暝还”对应,时间趋近;“畏彼”与“弄此”对应,方位趋近。你单是读,未必要多想什么,自会觉得有一种风姿、一种韵调轻轻摇曳、回环飘荡而来,恰与月华的流动重合。总之,这四句诗的语言具有相当丰富而又完整统一的功能,是真正的诗歌语言。

接着四句,是对夜景的欣赏。但又很难说是夜“景”,很难说是“欣赏”。这是用听觉在感受夜,并由感受而渐渐潜入自然的深处。张玉穀《古诗赏析》说:“中四即所闻写景,不以目治,而以耳治,是夜宿神理。”这“神理”指什么?他却没有讲清楚。首先应该说,夜景不是不能用目光观赏,也不是不能写好,古诗中不乏这样的例子。但描绘视界中的夜景,非着力不可,人和自然容易处在分离的状态,其效果与本诗所追求的效果是不一样的。

先看前二句:鸟的鸣叫声渐渐低落、渐渐稀少,最后成为偶尔一二声的啁啾,于是意识到它们已在林中栖息,夜越来越深;而在沉静之中,时时又传来簌簌的落叶声,于是知道山中又起了夜风。这二句已经很好地写出了山夜的气氛。因为声音是变动着的,时生时消,起伏不定,它比山林沟壑等固定的形体更能体现山夜的情趣,体现万物在根本的虚寂中运化的节律。这也许就是张玉穀所说的“夜宿神理”吧。

但后二句却是更深入的体验。这二句互文见义,是说:夜中“异音”“殊响”一起来到耳边,听来都是清亮悠扬的声调。所谓“异音”“殊响”究竟来自何处?是鸟儿的鸣叫,枯叶的飘落,还是不息的山溪,断续的虫吟?什么都是,什么也不是。诗人称那些声音为“异音”“殊响”的时候,已经不是说声音本身，而是声音引起的人的奇异感觉。正因为这是一种感觉，那些声音也被改变了，放大了，成为“俱清越”的音调。换句话说，在诗人凝神静听山夜中各种声响的时候，那些声响唤起了人心深处的某种幻觉；以这幻觉感受那些声响，它们也变得与平时不同。这样，似乎在人的生命的深处与自然的深处形成某种神秘的沟通。确实，我们对人和自然，都有许多说不清楚的东西，因而常常凭借着神秘的感受力去体验自然。像谢灵运这样敏锐的诗人，他的体验也比常人来得丰富。

按照通常的写法，谢灵运的诗在描摹景物之后，总有一段哲理性的议论。本诗的最后四句收结，却不是如此。他只是感叹：如此美妙的秋夜，却无人能够欣赏，我也就无从向谁夸美这杯中的好酒了。言外之意，是说世人多庸俗，缺乏高逸情趣，难与自己同游。最后两句仍是用《九歌·少司命》诗意。原诗说：“与汝沐兮咸池，晞汝发兮阳之阿。望美人兮未来，临风怳兮浩歌。”谢诗中的“美人”，指情意投合的佳侣。“阳阿”，向阳的山阿。心中盼望的“美人”终究不会来到，我只是白白地等待，直到太阳出来，晒干我的头发罢了。这里面其实有双重的内涵：一方面，诗人确实希望有志同道合、情趣相通的朋友与自己共赏这秋夜景色；另一方面，绝景独游，无人为侣，恰恰显示了自己不与凡俗同流的品格，表达出孤独高傲、睥睨一世的心情。以谢灵运的性格而言，后者是更重要的。

魏晋南朝,是一个自我意识觉醒和强化的时代。而自我意识加强的必然结果,就是孤独感的产生和强化。于是,投向自然,谋求个人与自然的沟通,又成为从孤独感中解脱出来的途径之一。谢灵运这首诗,就是把孤独感,以及孤独中人与自然的感通和追求志同道合者的情绪,构造成美好的意境。尽管他的其他山水诗也有类似的表现,但都比不上这首诗单纯而优美。所以,在诗史上,这也是一首很有意义的作品。它可以说明:诗歌是怎样随着人的感情生活的丰富复杂化而变得丰富复杂起来的。

(孙　明)

行田登海口盘屿山

原文

齐景恋遄台，周穆厌紫宫。
牛山空洒涕，瑶池实欢悰。
年迫愿岂申，游远心能通。
大宝不欢娱，况乃守畿封。
羁苦孰云慰，观海藉朝风。
莫辨洪波极，谁知大壑东。
依稀采菱歌，仿佛含嚬容。
遨游碧沙渚，游衍丹山峰。

鉴赏

这是一首登高舒忧之作。“行田”即巡视农田，晋宋时一些文士往往借行田之便游遨山水，如王羲之就曾写信给谢万说：“比当与安石东游山海，并行田视地利。”谢灵运这首诗即写行田来到永嘉江（今瓯江）入海之口，登山的所见和所感。

诗的前八句纯以议论出之，点明此番出游的缘由。诗人借对前事的评述逐渐抽绎出自己的思绪来。头四句以齐景公和周穆王作为一反一正的比照：春秋时的齐景公，曾登牛山而流涕，哀人生之短促，而其用以补偿的却是加倍地贪恋宫室狗马之乐;周穆王为追求赏心乐事,则乘八骏西游,在昆仑瑶池与西王母尽相见之欢。前者沉溺于世俗的物质享受之中,未免辜负了那一瞬间对人生的感悟,所以说"牛山空洒涕";后者在远游中实现了生命的延长,那才是精神上真正的欢乐,所以说"瑶池实欢悰"。这一"空"一"实"的用语,已逗漏出作者的主意所在。次四句归到自己身上,作进一步申说。"年迫"两句说岁月流逝,愿望成空,惟有在与自然亲切晤对的远游中,才能使心胸豁然畅通。"大宝"两句说即使贵为国君也不能摆脱"年迫"之苦,更何况像我这样被迁谪至海隅的失意者呢!言下则企羡远游之情已昭然可见。诗的前八句,用笔至为工稳细密:写齐景公事以"遄台"和"牛山"并举,因两者均在今山东淄博一带,位置相邻;写周穆王事以"紫宫"和"瑶池"并举,因两者原意指天帝和神仙的居所,字面相近。后四句虽已转入夫子自道,而在字面上,"年迫"犹承齐景公牛山之泣一事,"游远"犹承周穆王西游之事,"大宝"义兼二君。意虽转而语犹承,从中可见大谢诗的"法密机圆"(方东树语)之处。

诗的后八句写登临的所见和所感。"羁苦""观海"两句为承上启下的过渡。盘屿山在浙江乐清市西南五十里,滨海,故登山可以观海。而此番登临,原是因不耐客中寂寞故来寻求安慰,非同一般的流连玩赏,这就为下文的虚拟之笔预设了伏笔。诗人写景,只用了"莫辨洪波极,谁知大壑东"两句,从空际着笔,极写海之浩渺无涯。"洪波"语出曹操《观沧海》诗："洪波涌起"；"大壑"语出《庄子·天地》："夫大壑之为物也，注焉而不满，酌焉而不竭。"这两句在突出大海辽阔无际的同时，也写出了其吞吐无穷的容量和汹涌澎湃的动势；而置于句首的"莫辨""谁知"，又将诗人的惊异、赞叹之情倾泻无遗。诗人以大刀阔斧的疏朗之笔展示出极为恢宏的气象，不仅切合海的性格，也使全诗至此精神为之一振。而紧接着的"依稀采菱歌，仿佛含嚬容"，又在转眼之间将实景翻作虚景。按采菱曲为楚歌名，"含嚬容"则从西施"病心而矉（通颦、嚬）"的故事化出，这里借指越女，所谓"荆姬采菱曲，越女江南讴"（王融《采菱曲》），这楚歌越声在大谢诗中乃是和归思相联系的。谢灵运有《道路忆山中》诗云："采菱调易急，江南歌不缓。楚人心昔绝，越客肠今断。断绝虽殊念，俱为归虑款。"可移用为本诗注脚。"依稀""仿佛"四字已明言这并非实有之景，而在眺望大海之际，忽闻乡音，忽见乡人，正是由思乡心切而生出的幻觉。这一神来之笔，把主人公深沉的情思呼之欲出。既然"羁苦"之情不能在观海之际释然于胸，那么也就只有在继续远游中才能聊以排遣，诗的末二句正是以展望未然来收束的。诗的这一部分以虚实交互为用的运笔烘托出内心的波澜，把主人公为苦闷所迫而又无计解脱的心绪表现得十分真切而自然。

这首诗大半都用对偶句组成，却无板滞迂缓之弊。原因是诗人的精心结撰之处，并不限于区区一联，而是将之置于全篇的结构之中,注意彼此之间的承接呼应关系。如首四句从字面看分为上下两联,而在用事上则以一、三,二、四各说一事,显得错落有致。五、六两句虽自成一联,而它们又分别和前四句勾连相承。"莫辨"以下连用六个偶句,而以句首的不同用词又可分为三组,这又是与内容的虚实转换互为表里的。沈德潜说:"陶诗胜人在不排,谢诗胜人正在排。"(《说诗晬语》卷上)由此诗亦可见一斑。

(钟元凯)

白石岩下径行田

原文

小邑居易贫，灾年民无生。
知浅惧不周，爱深忧在情。
莓蔷横海外[①]，芜秽积颓龄。
饥馑不可久，甘心务经营。
千顷带远堤，万里泻长汀；
州流涓浍合，连统塍埒并。
虽非楚宫化，荒阙亦黎萌。
虽非郑白渠，每岁望东京[②]。
天鉴倘不孤，来兹验微诚。

注

① 莓蔷，一作“旧业”。诗写灾年田地荒芜，与诗人自叙“旧业”无涉。此从莓蔷。

② 东京，当是“西京”。叶笑雪《谢灵运诗选》述其理由曰：此句所望的每岁丰稔，是紧接修渠说的，白渠开于西汉，指的是西京；西汉国家富强，可以作为比拟的对象，而东汉则稍见逊色；另外诗人在思想上亦有重视西汉政治的表现，如《游岭门山》的“西京谁修政，龚汲称良史”，可资证明。此说甚确。

鉴赏

谢灵运以其精深华妙的山水诗著名六朝诗坛，所作名篇佳什,多优游山水,无关民瘼,向有“学者之诗”的评语。与谢诗的总体倾向不同,《白石岩下径行田》这首诗在一定程度上流露出对民生疾苦的同情,是难能可贵的。《昭明文选》未收此诗,其后的评点家、诗论家亦鲜有言及者,也许是因为前人觉察到这首诗与谢灵运的为人和诗风不甚协调而有意回避之吧?殊不知,从这不协调中,正能发现谢灵运其人其诗的另一侧面,因此它更应引起重视。

白石岩,一名白石山,在浙江乐清市西三十里。《温州志》云:“山下有白石径,为灵运行田之所。”行田,巡视农田。这首诗写于谢灵运任永嘉太守期间,其时旱灾严重,民不聊生。诗开篇二句:“小邑居易贫,灾年民无生。”说小郡县的百姓平时本来就够贫寒的了,又逢灾年,更加无法存活了。虽然没有描写饥寒交迫,不堪其苦的种种惨象,但黎民挣扎于死亡线上的处境,还是不难想象出来的。“知浅惧不周,爱深忧在情”,前句说,作为太守唯恐智谋短浅,救济不周(知通“智”);后句说,自己对人民是很爱护的,对民生疾苦的忧虑是常挂在心上的。陈胤倩说:“起四句,咏之恻然,足当《舂陵行》数篇。”(《采菽堂古诗选》)《舂陵行》为唐代元结揭露统治者横征暴敛的名作。此或言之太过,然而,从谢灵运的“惧”“忧”中,还是可以感受到他的“哀民生之多艰”的忧患意识和作为一郡之长的责任感。在这个意义上,谢灵运也可以算是为元结“导夫先路”的人。对陈胤倩的评论,作如是观,也许更符合实际一些。

五、六句从“灾年”而来，再现田地荒废的景象。“莓蔷横海外，芜秽积颓龄。”“莓蔷”，一种小草，“横海外”，极言到处纵横蔓生；“芜秽”，荒芜之状，“积颓龄”，自谓衰朽无能使灾情加剧。后一句又带有反躬自责之意，作为一个封建官吏是十分难得的。“饥馑不可久，甘心务经营。”在灾害危及小邑之时，太守兼诗人的谢灵运积极筹划战胜灾害的措施。“千顷”以下四句，就是设想中兴修水利、灌溉农田的蓝图。“诗‘畇畇原隰’，简固佳，此四语繁亦不厌。千古咏田间景，逊此为妙。”（《采菽堂古诗选》）《诗经·小雅·信南山》写定田界、整田土，以简朴取胜，谢诗写“带远堤”“泻长汀”（汀，水际平地）以壮美见长。“千顷”“万里”，从大处落墨，将筑堤护田、引水灌田的宏伟景象展现出来。州、连，这里指众多的农村。（古以五百户为一党，五党为一州。又以四里为一连）涓浍，小水流。塍埒，小堤。这两句是从小处着眼，一个“合”字、一个“并”字，见得村村落落，沟渠纵横，堤坝满目。这四句虽是想象之词，却也颇令人向往。

诗人相信经过一番努力“经营”，来岁必定丰稔。“虽非楚宫化，荒阙亦黎萌；虽非郑白渠，每岁望东京。”楚宫，语出《诗经·鄘风·定之方中》：“定之方中，作于楚宫。”这是称美卫文公的诗。卫为狄所灭，卫遗民东徙渡河，居楚丘。在卫文公的率领下，建城市，营宫室，百姓悦之，国家殷富。荒阙，即荒废，这里指灾年。黎萌，即黎民。谢诗借卫文公的史实,表达了即使荒年也要使百姓生活下去的愿望。郑白渠,指郑国渠和白渠。郑国渠,战国时韩人郑国说秦所开。白渠,汉白公所开。均在关中。诗人借郑白渠造福于民的史实,旨在期望兴修水利将带来农业的丰收,达到繁荣富盛的西汉的水平。最后两句:“天鉴倘不孤,来兹验微诚。”天鉴,古人把天看作有意志的神,监视人间。不孤,即不负。微诚,指盼望丰收的诚意。大意是:倘若苍天不负“经营”之劳,明年的丰收是可以预期的。

这首诗使我们看到,谢灵运既有寻幽探胜,肆意游遨,“民间听讼,不复关怀”的一面;又有身处灾年,关心黎民,正视现实,注重农业的一面。他的徜徉山水,有着深刻的社会历史原因,实在是不得已而为之。仅看到前者,而忽视后者,不免流于片面,有违顾及全人的知人论世之道。

此诗语言质朴,不尚藻饰,虽有用典,但不堆垛,与灵运句句对仗、处处用典、流于晦涩的另一类诗不可同日而语。尤其是全诗运之以真情实感、无矫揉造作之嫌,在谢集中当属不多见的佳作。

（宋绪连）

斋中读书

原文

昔余游京华，未尝废丘壑。
矧乃归山川[①]，心迹双寂寞。
虚馆绝诤讼，空庭来鸟雀。
卧疾丰暇豫，翰墨时间作。
怀抱观古今，寝食展戏谑。
既笑沮溺苦，又哂子云阁。
执戟亦以疲，耕稼岂云乐。
万事难并欢，达生幸可托。

注

① 矧(shěn)乃：况且。

鉴赏

南朝宋武帝永初三年(422)，谢灵运由京官太子左卫率改任永嘉太守。长期以来，诗人被出仕与归隐的矛盾所困扰。由于仕途不顺利，政治理想无法实现，归隐的思想逐渐占了上风，在永嘉任职一年后，终于“称疾去职”(《宋书·谢灵运传》)，开始了他那悠闲的隐居生活。《斋中读书》诗作于永嘉太守任上，相当典型地表现了他在仕隐问题上的思想矛盾，以及为了摆脱这一矛盾向老庄的“达生”

思想的复归。

全诗作纵向展开，从过去写到现在。开头两句说过去，“游京华”，指在京城建康(今南京)为官；“未尝废丘壑”，意为即使在担任京官职务时也并不稍减游赏山水的雅兴。从第三句起，主要讲述“归山川”——到永嘉担任地方官以后的情况。诗人因与庐陵王刘义真交往甚密，受到当权者徐羡之等人猜忌，被排挤出朝廷，因而在永嘉太守任上，思想更加消沉。“游京华”与“归山川”，“未尝废丘壑”与“心迹双寂寞”，隔句映衬，在文义上递进一层。“矧乃”这一表示递进关系的连词，更明白提示前后两个时期之间存在着的变化。诗人自述到永嘉以后，“心”不预世事，“迹”绝交以息游。“虚馆”二句更具体描画出“心迹双寂寞”的景象：太守衙门之中冷冷清清，听不到争辩与诉讼的声音；开阔的庭院之内寂无人声，飞来了寻食的鸟雀。事实上，身为一郡之长，是不可能如此清闲的。《宋书》本传说：“郡有名山水，灵运素所爱好，出守既不得志，遂肆意游遨，遍历诸县，动逾旬朔，民间听讼，不复关怀。”可见“绝诤讼”并非真的没有“民间听讼”，而是由于心远地自偏，“不复关怀”，有意不闻不问罢了。以上几句，对于“斋中读书”的诗题来说，看似闲笔，实际上这是从大处落笔，委婉见意，显示的是读书时总的心态意绪与环境气氛。以下写“斋中读书”的正笔，正是从这一大背景上推出的。

从“卧疾丰暇豫”起，即转入“斋中读书”的描叙。“卧疾”，就只能在“斋中”；“丰暇豫”，有了许多空闲时间，为了排遣无聊，除了写诗作字以外，便轮到了“读书”。“怀抱观古今”等四句，具体写读书的情形。诗人读书的目的在于“观古今”，了解历史以增进对现实的认识；方法上有读有评，“寝食展戏谑”即指在茶余饭后对书中内容进行调侃性的评论。诗中论到的人物有消极避世的隐士长沮、桀溺和热衷仕进的文人扬雄(字子云)。《论语·微子》中记载，长沮与桀溺一同耕田，孔子经过时，叫他的学生子路向两人打问渡口的所在。后代诗文常用为避世隐士的典故，给予肯定的评价，如王粲《从军诗》说：“不能效沮溺，相随把锄犁。”陶渊明《劝农》诗说：“冀缺携俪，沮溺结耦。相彼贤达，犹勤垄亩。”谢灵运对沮、溺则取批评的态度，认为隐居耕田是一“苦”事而予以非笑。扬雄在西汉成帝时在朝为官，王莽篡汉，立“新”朝，扬雄作《剧秦美新》加以吹捧，并受任大夫之职校书天禄阁，后来因事被株连，投阁自杀，几乎死去。扬雄在易代之际的言行，历来受人非议，如李善说他“露才以耽宠，诡情以怀禄”(《文选·剧秦美新》李善注)。谢灵运也不满于扬雄的屈节事人、钻营爵禄，故在非笑沮、溺的同时，对扬雄也采取了哂笑的否定态度。

结尾四句是在读书论书基础上的进一步发挥，由“既笑”二句引出，直接说到诗人自己的政治态度与生活情趣。“执戟”，秦汉时宫廷的侍卫官，因值勤时手执戟而得名。这里泛指做官。“以”通“已”。“执戟亦以疲”，说明自己对于仕进已心灰意冷;“耕稼岂云乐”,又表示自己不愿过躬耕隐居的清苦生活。诗人让自己站到了三岔路口,仕乎?隐乎?无一理想,无可适从。故不由得叹道:“万事难并欢。”在仕隐矛盾的煎熬下,诗人为自己设计了一条慰藉心灵的人生道路:“达生幸可托。”“达生”是老庄的思想。《庄子》有《达生》篇,其中说:“达生之情者,不务生之所无以为。”所谓“生之所无以为”,是指分限以外的事物。以“达生”处世,就会避免贪多务得,不受物欲的困扰,摆脱世务的牵累,在精神上求得自我解脱,近乎陶渊明《归去来兮辞》结尾所表示的生活态度:“乐乎天命复奚疑。”谢灵运为官时不理政事也是“达生”思想的表现,而“达生”思想的进一步实践,尚有待于绝意仕进,归隐田园,更远地离开尘世俗务。谢灵运出身大官僚地主家庭,广有田产,归隐而仍可免于沮溺的耦耕之苦,这大概是他的“达生”思想的最完美的实现了。不久,他固然踏上了归隐的道路。

全诗以“斋中读书”作为结构的中心,向前推衍,说到过去;往后演绎,谈及未来。读书是在斋中,说前道后的情事则及于斋外的广阔世界——京城的丘壑,永嘉的山川,执戟殿中,耕稼田间。仕隐矛盾的抽象主题,由于结合读书论书的具体内容提出,显得不玄不泛;又由于视野开阔,有回顾,有前瞻,联系长期以来的生活体验坦率剖白,通篇又具有了感情深沉凝重、语调平易亲切的特点。作为一首宣扬老庄“达生”思想的记事说理诗,而能不落抽象说理的魔障，写得迥异于“平典似《道德论》”的“孙绰、许询、桓、庾诸公诗”（钟嵘《诗品序》），足见诗人艺术上的功力。至于诗中宣扬的所谓“达生”的消极避世、自得其乐的人生态度与生活理想，对于今天的读者来说，肯定是不足取的，但对于了解谢灵运全人及其创作演进的轨迹，则又有着不可忽视的重要意义。

（陈志明）

种　桑

原文

诗人陈条柯，亦有美攘剔。
前修为谁故，后事资纺绩。
常佩知方诫，愧微富教益。
浮阳鹜嘉月，艺桑迨间隙。
疏栏发近郛，长行达广埸[①]。
旷流始毖泉，湎途犹跬迹。
俾此将长成，慰我海外役。

注

① 埸(yì)：田界；田野。

鉴赏

这首诗见载于《永嘉县志》，黄节亦编于永嘉诗卷，知其作于抵永嘉第二年即景平元年(423)春天(此年秋离永嘉)。此诗是写课督农民种桑的情事。

诗先写种植桑树的历史和意义。“诗人陈条柯，亦有美攘剔。”“诗人”特指《诗经》作者。“条柯”，修剪枝条。“攘剔”，剔除，亦指修剪繁冗的枝条。“条柯”见《诗经·豳风·七月》：“蚕月条桑，取彼斧斨。”“攘剔”见《诗经·大雅·皇矣》：“攘之剔之，其檿(yǎn，山桑)其柘。”这两句说，栽种桑树历史悠久,《诗经》上就有关于修剪桑枝的描述和赞美。“前修为谁故,后事资纺绩。”“前修”,前代贤人。按古代谓《诗经》为圣贤所作,故称“诗人”为前修。“后事”,后来从事者。这两句说,圣贤为什么把种桑写进诗篇,还不是叫后来的人因此知道纺绩之重要。可见栽种桑树是圣贤的遗训,意义重大。

中间写种桑。“常佩知方诫,愧微富教益。”这两句都暗用了《论语》上的话。“知方”是《先进》篇中子路的话。子路说他若是治理一个诸侯国,三年能使百姓有勇且知方。知方就是懂得礼法。“富教”出自《子路》篇中冉有与孔子的对话。冉有说:人口增多了,还要怎么做。孔子说:富之。冉有说:百姓富了,还要做什么。孔子说:教之。富教就是使老百姓过上好日子、受到良好教育。作者说他常常记住这些教诲,惭愧的是没有做出多大成绩。作为一个郡太守,引用这些话语正是合适,也可见出他从政的责任感。在“知方”“富教”的指导下,他督劝农民种桑了:“浮阳骛嘉月,艺桑迨间隙。”“浮阳”即太阳。“骛”,奔驰。“嘉月”,指春天的月份。这里是说,春天来到了,种植桑树正好乘这农活不多的时节。“疏栏发近郛,长行达广埸。”“疏栏”,稀稀的行格。“郛”,外城。“埸”,田野。这两句说,一排排、一行行的桑树从城边伸向广阔的田野。这里由近及远,展现了十分壮观的桑林图景。上面四句中间一字都是动词,正是着力的位置。“骛”“迨”,见出心情的迫不及待,

“发”“达”，见出行动的快速。

后几句抒发感想。“旷流始毖泉，湎途犹跬迹。”“旷流”，阔大的河流。“毖泉”，细小的泉水。“湎”通“缅”，远。“跬”，半步。这两句是说，大河开始于细流，远途是由一小步一小步走到的。意思是说，今天的栽种是实现他的治郡理想的开端。“俾此将长成，慰我海外役。”“海外役”，指任此地官差，永嘉濒海离首都又远，所以这样说。这两句意思是：使这些桑树长成了，这对我来说就是最大的安慰了。

这是作者到达永嘉不久时写的，表现了他对治理这个地方的责任心、对农桑的关心。古代地方长官每到春季都有行春劝农的例行公事，此诗的写作当与此有关；但诗里所写并非枯燥的官样文章，还是有着真情的发露的，比如写对自己的要求、写“愧”、写种桑时的兴奋、写期待，都近乎实感。史传说谢灵运出为永嘉太守，只知游遨，政事一切不问，恐怕也有夸大之处。其实作为一个地方官，他还想有点作为，比如此诗及《白石岩下径行田》所写即是证明。也许是因朝中政局改变的无望，终于使得他于政事“不复关怀”，最后是“称疾去职”了。这首诗采用古诗的惯常写法，文字比较清通，语气也颇平和，因此陈胤倩称赞它“兴雅和愉”，为“风人绝构”(转引自黄节《谢康乐诗注》)。

(汤华泉)

初去郡

原文

彭薛裁知耻，贡公未遗荣。
或可优贪竞，岂足称达生？
伊余秉微尚，拙讷谢浮名。
庐园当栖岩，卑位代躬耕。
顾己虽自许，心迹犹未并。
无庸方周任，有疾象长卿，
毕娶类尚子，薄游似邴生。
恭承古人意，促装返柴荆。
牵丝及元兴，解龟在景平。
负心二十载，于今废将迎。
理棹遄还期，遵渚骛修坰。
溯溪终水涉，登岭始山行。
野旷沙岸净，天高秋月明。
憩石挹飞泉，攀林搴落英。
战胜臞者肥，鉴止流归停。
即是羲唐化，获我击壤情。

鉴赏

此诗作于宋景平元年(423)秋。上一年七月，谢灵运出为永嘉太守,至此称病离职,刚满一年。诗中抒发了去官还家、获得解脱的愉悦心情。

开头十句自述隐居丘园之志。先对几位古人加以评价:西汉的彭宣、薛广德、贡禹虽有高名,但只能说是优于贪婪奔竞之徒,还说不上是懂得养生缮性。彭宣,哀帝时官至御史大夫、大司空,封长平侯。哀帝卒,外戚王莽专权,他便告老回乡。薛广德,元帝时为御史大夫,因遭遇荒年,人民流亡,自己觉得不称职,遂上书求退。班固《汉书》对他们评价颇高,称其"近于知耻"(《汉书·叙传》);谢灵运却说他们"裁(通'才')知耻"而已,并不十分推崇。贡禹曾为河南县令,因受上司责备,便辞官而去。后又出仕,元帝时为光禄大夫,以年迈求退,为皇帝所挽留,进为御史大夫。诗人认为他并未能遗弃荣华富贵。评论古人只是陪衬,目的是表明自己的志向不仅是不贪竞而已,而且要做到"达生"。《庄子》有《达生》篇,说"达生之情者,不务生之所无以为;达命之情者,不务知之所无奈何",认为人之性分有定,不可勉强致力于性分之外的事。篇中又说欲存生养性,莫如弃世而无所牵累。诗人正以此种思想作为隐退的精神支柱。其具体的打算,则是"庐园当栖岩,卑位代躬耕"。《山居赋》云:"古巢居穴处曰岩栖。"传说古代隐士也有过此种原始生活者。但诗人毕竟做不到这样,故有所变通,以田园当作岩栖。他也不能真的耕稼自给,故欲学习古代一些达士的做法,安于卑位,以薄俸为生生之资。他说自己拙于仕宦，讷于言辞，故欲选择这样的生活道路，不过以往行迹尚未能与此种生活理想相一致。这可说是诗人对往昔生活的一个总结。

“无庸方周任”以下十句写去职。先举四位古人以自比。无庸，无用。方，比。《论语·季氏》载周任之言曰：“陈力就列，不能者止。”意谓当尽力做好自己的工作；若无此能力，便不应据有其位。长卿，西汉文学家司马相如的字。他不慕官爵，晚年常卧疾闲居。尚子，东汉尚长，字子平。他安贫乐道，为子女办婚嫁事毕，便不再过问家事，说：“权当我已死。”乃肆意游历五岳名山。邴生，西汉邴曼容，为官不肯过六百石（中级官员，相当于较大县的县令），过此即自行免去。薄游即为官不久之意。诗人说自己在种种方面都类似于上举那些淡泊明志的古人。“牵丝”，牵于王命，指出仕。《礼记·缁衣》有“王言如丝”语。解龟，解去官印，印纽常为龟形。灵运初仕为晋琅玡王大司马参军，时在晋安帝义熙元年（405）。是年正月戊戌（十六日）方才改元，而上一年的年号为元兴，故云“及元兴”。自该年至景平元年，实得十八年，说“二十载”是约略言之。“负心”即违心。二十年来做违心的事，心情是悒郁的；而今终于摆脱了送往迎来等等俗务，其快意可知。“将”是送的意思。

自“理棹遄还期”至最后，写初去郡途中的所见所感。“理棹”以下四句写其水陆行程。遄，疾速。为早日还家，乃疾速行舟。遵渚,沿着水中小洲。骛,奔驰。修,长,此有辽阔意。坰,远郊。遄、骛二字表现出心情之急迫。二句已兼写水陆,"溯溪"二句又写水涉山行,但不觉累赘,因读者可由此充分想象其行进的画面,感受到行程的漫长辛苦。"野旷"二句是写景名句,景中其实有情。清旷无际的风景正与诗人心境相应。久被絷牵,一朝脱去,自感到无限的开朗、轻快,故触目皆成佳趣。"憩石"二句写山林小憩情景。挹,舀。搴,取。落英,落花,时当秋日,当指菊花而言。二句暗用《楚辞》典故:《九歌·山鬼》:"山中人兮芳杜若,饮石泉兮荫松柏。"又《离骚》:"朝饮木兰之坠露兮,夕餐秋菊之落英。"熟悉典故的读者可于言外获得一种清幽芳洁之感。"理棹"四句写疾速前行,途程漫漫,"野旷"四句写赏玩风物,途中小憩,形成情绪和内在节奏的对比;而其心情之急迫与愉悦,都得到了表现。由愉悦的心情、悠然的意绪,进而引发出一番情理相融的议论:高尚之志战胜了富贵之欲,胸襟旷然,则臞者可肥;以止水为鉴,则流荡不返者将归于宁静清明。(二句用《韩非子·喻老》和《庄子·德充符》典故。)心灵获得了自由宁静,则即使处于纷乱奔竞之世,也等于是归真返璞,回到了伏羲、唐尧时代,可以无拘无束、怡然自得了。传说尧时百姓无事,有老者击壤(敲击土壤,一说敲击土制乐器,又一说是一种游戏)而歌曰:"日出而作,日入而息。凿井而饮,耕田而食。帝力何有于我哉!"诗人用此典故,似有"人生如此自可乐,岂必局束为人鞿”(韩愈《山石》)之慨，且使人隐约感到他与当权者关系之不和谐。

谢灵运去郡之志是坚定的。当时其堂弟谢晦等人都写信劝他不要离职，他执意不从。不过他并非一贯恬退之人。《宋书》本传说他“自谓才能宜参权要，既不见知，常怀愤愤”。其出为永嘉太守，正是与当权者矛盾的结果。他之去郡，乃是一种不合作态度的表现。明乎此，对于本诗的理解便可更深入一层了。

（杨　明）

田南树园激流植楥①

原文

樵隐俱在山，由来事不同。
不同非一事，养疴丘园中。
中园屏氛杂，清旷招远风。
卜室倚北阜，启扉面南江。
激涧代汲井，插槿当列墉②。
群木既罗户，众山亦当窗。
靡迤趋下田，迢递瞰高峰。
寡欲不期劳，即事罕人功。
唯开蒋生径，永怀求羊踪。
赏心不可忘，妙善冀能同。

注

① 楥：一作援。
② 墉(yōng)：墙。

鉴赏

谢灵运的田庄在始宁墅，他辞去永嘉太守归来后，又在这座庄园南边另起新宅，这就是诗题所说的“田南树园”(“树”为建立之意)。继而他又整治水土，在河中筑堰拦水，以便灌溉，在房宅周围种植灌木，以当篱垣，这就是诗题所说的“激流植援”(“激”,拦水。“援”,篱笆。按《宋书》本传有“穿池植援”句)。沈德潜说此诗“命题简古”(《古诗源》),因而题意有点费解,弄清它的意思,对理解、欣赏这篇作品很是要紧。

这首诗一开始就标明他归田的高情远致:“樵隐俱在山,由来事不同。”是说他隐居在山野不是为了谋生,而是别有追求。这是用了别人的话,臧荣绪《晋书》载何琦引胡孔明言:“隐者在山,樵者亦在山。在山则同,所以在山则异。”(《文选》注引)都住在山间是相同的,而为什么住山、住山的用意则不相同。下面又说:“不同非一事,养痾丘园中。”不相同的不是一个方面,我现在是在山间田园里养病。说“养痾”是颐养情性的一种高雅说法,隐者在丘园中“养痾”自然不同于樵者的口腹之役。以上四句用樵者作对照,以见出自己养痾丘园的不同凡俗。

中间写田南园的环境及徜徉其间的快适。“中园屏氛杂,清旷招远风。”“中园”即园中。“氛杂”,尘杂。中园无氛杂,远风送爽,这本是客观存在的情况,这里用了“屏”“招”两个动词,说尘杂是他屏除的,远风是他招来的,真是挥之即去,招之即来,他就是江山风月之主了。“卜室倚北阜,启扉面南江。”他在北山之阳建造新居,一打开窗户就对着南江。背山面江,他选择的地方既清幽、又开阔,是个多么好的所在。“激涧代汲井,插槿当列墉。”引来溪涧里的水就可以灌溉,可以省却汲井之劳了,插上槿木围成篱笆，就可以当作围墙了。面前是南江，引水很方便，槿木极易成活，不高不矮，作篱笆当围墙再好不过了。这既写他对环境的整治，又见出生活的简朴、自在。以上四句所写也就是诗题所标示的情事。经过整治之后，这里的环境更优美了："群木既罗户，众山亦当窗。靡迤趋下田，迢递瞰高峰。""罗户"，罗列门户。"当窗"，对窗。"靡迤"，斜斜向下延伸。"迢递"，高耸的样子。栽种的树木都长起来了，与众山交互映衬，打开门窗林秀山色扑面而来，"当窗"的"当"情态可味。诗人向下走去是广阔的田野，向上又望见高耸的山峰。上下周围，目接之处无往而不开怀惬意。这个环境有点类似陶渊明诗里描写的情形："榆柳荫后檐，桃李罗堂前"（《归园田居》），"悠然见南山""山气日夕佳"（《饮酒》）。陶诗的描写是分散的，这里则很集中。

最后写隐居中的情趣。"寡欲不期劳，即事罕人功。""寡欲"就是少有欲望，"劳"，劳扰，"人功"，人力。这两句说，修建田庄不想劳人动众，只是顺应自然、因势就便，如上面写的"卜室""激涧""插槿"就是。"唯开蒋生径，永怀求羊踪。"这两句是用典。蒋生指汉代隐士蒋诩，他在自己庄园里开辟了三条道路，只与志同道合的羊仲、求仲相往还。作者这样写是表示：他时时都在准备接待那些高人逸士，而杜绝了世俗之交。"赏心不可忘，妙善冀能同。""赏心"，心情欢畅，这里指会面的赏心。"妙善"，暗用《庄子·寓言》中颜成子游称赞东郭子綦言论的事，妙善，谓至妙至善的言论,“同”,聚会。这两句意思是说:希望朋友们常来欢会,聆听你们的高论妙语。按作者在始宁时,隐士王弘之、孔淳之常来聚会,又有谢惠连、何长瑜、荀雍、羊璿之,常与作者作山泽之游,这些人就是诗中提到的求、羊之徒。作者隐居中的情趣可以用刘禹锡《陋室铭》中下面的句子来表述:“谈笑有鸿儒,往来无白丁。可以调素琴、阅金经。无丝竹之乱耳,无案牍之劳形。”他在这片天地中暂时解除了官务的纷扰、得失之念的刺激,心情得以放松了。写到这里,我们就清楚了他在开头说的那几句话的实在含义了。

这是谢灵运写的一首田居诗,接近于陶渊明的田园诗。诗里描写了优美的田园环境,反映了自己徜徉其中的恬适心情。景物描写很精致,层次感极强,有些动词用得恰到好处,见出了作者的情致。像这样的作品在谢集中也只有一二首。但是,它终究不同于陶渊明的田园诗,诗里流露了门阀士族那种轻视劳动者、鄙弃世俗生活的思想情调,诗里涉及田园风光,但还不能称之为田园生活。如果将劳动生活、劳动者叫作“俗”的话,陶渊明是隐不绝俗,而谢灵运则差不多是绝俗,所以生于陶渊明之后、也有长期田居经历的他,到底没有写出一首真正的田园诗来。

(汤华泉)

于南山往北山经湖中瞻眺

原文

朝旦发阳崖，景落憩阴峰。
舍舟眺迥渚，停策倚茂松。
侧径既窈窕，环洲亦玲珑。
俯视乔木杪，仰聆大壑淙。
石横水分流，林密蹊绝踪。
解作竟何感？升长皆丰容。
初篁苞绿箨，新蒲含紫茸。
海鸥戏春岸，天鸡弄和风。
抚化心无厌，览物眷弥重。
不惜去人远，但恨莫与同。
孤游非情叹，赏废理谁通？

鉴赏

这首诗集中体现了谢灵运山水诗的风格特色。

首先，让我们看看此诗的题目。灵运的诗题往往扼要概括他登山临水的路线和行程，具有很强的真实性。诗题“于南山往北山经湖中瞻眺”，“于”“往”“经”将游览过程叙说得十分具体。谢灵运《山居赋》注曰：“大小巫湖，中隔一山。然往北山，经巫湖中过。”明乎此，就可以说：“康乐题便佳,有一种纪游笔致。”(《孙评文选》卷二)题本身简直就是诗。

其次,谢灵运山水诗有一个大体相近的结构模式:先述纪行,继写景物,后归情理。这首诗亦如此。

发端两句,“朝旦发阳崖,景落憩阴峰”,山南曰阳,“阳崖”即指南山(或谓今浙江嵊县东之嵊山);山北曰阴,“阴峰”指北山,亦名院山,即谢安高卧之处,史称东山。这是点出“于南山往北山”的题面。朝旦,是清晨;景落,是日暮,表明游览的时间:从南山出发是在清晨,抵达北山已是日暮了。接着,“舍舟”二句补叙出“于南山往北山”经巫湖中过的具体情形,而且又照应“经湖中瞻眺”的题面。以上是纪行部分,时间、地点、过程交代得相当明确。

“侧径”以下十二句,摹写自然景物。在倚松远眺中,傍山伸展的小路狭窄深长,巫湖碧波环绕陆洲,水天一色,空明莹澈。俯身下视,是枝叶纷披的高大乔木;仰首聆听,是从远处传来的大壑水声。前者写视觉所见,后者写听觉所闻,于“俯视”“仰聆”之际,见出诗人瞻眺顾盼的愉悦之情。“石横水分流,林密蹊绝踪”,仍然是视力所及的景物。只一布置,景色已悉,此造景不造词也。“解作”二句,试图探求万物滋生的奥秘。“解作”即“雨后”之意,语出《周易》解卦,彖曰:“天地解而雷雨作,雷雨作而百果草木皆甲坼。”其大意是:天地解缓,雷雨乃作。雷雨既作,百果草木皆孚甲开坼,莫不复苏。“竟何感”,是诗人的自问,也是诗人的思索。“升长”句,写草木的欣欣向荣,也是诗人的领悟所得。“升长”,代指草木。“丰容”,茂盛之状。这里“解作”句,将易经嵌入景物描写之中,是谢灵运的一大创造。前人评“解作”二句说:“择易卦入诗,自谢客始,后亦鲜继。”(《文选集评》卷五)对此给以充分肯定。应该留意的是,“升长皆丰容”一句既是承前——乔木、密林,又是启后——初篁、新蒲。篁,丛竹。箨是竹皮。竹子开始换上了绿装,春初的水中嫩蒲绽出了毛茸茸的紫花。这是写草木的蓬勃生机。海鸥在春天的湖岸边嬉戏,天鸡(一种野雉)在和风中轻舞。这是写禽鸟的自在逍遥。这四句读之但觉春色融和,恍然如对。到此,谢诗结构的第二部分写景已告完成,“将题实写得十分充满,故后止用反折虚情作收”(《昭昧詹言》卷五)。

“抚化”六句,是“瞻眺”自然景物所生发出来的感受。诗人在大自然中,“静观天地造化之妙,中心已无厌斁”(刘履《选诗补注》),达到物我为一的境界。这里,“抚化”句推阐出老庄精义和玄学妙理。先景后理,因景而理,是谢诗一以贯之的技法。有时,于有声有色的景语后面,结以生涩难懂的理语,令人生厌,为诗论家所抨击,讥之为拖着一条“玄言尾巴”。“抚化心无厌”,亦带有玄学的胎记,但继之以“览物眷弥重”,合乎事理,近乎人情,尚有可读性。其后四句,意极哀婉。“不惜去人远,但恨莫与同。”人谓古人也。两句谓不以远去古人为可惜,只遗憾未能与之共游山水。言下之意，是说当世没有真正的知音堪与同游。说是“不惜”，实是深惜。末二句更加沉痛。“孤游非情叹，赏废理谁通？”当世既无知道游赏之真谛者，则我若不游，这个真谛就无人知晓了！所以最令人可叹的是，当今人们已废弃了对自然的观赏之心！一种孤高而又寂寞的情绪，于此蓦然涌上诗人的心头，也使这首气息清新的诗，在结尾处蒙上了一层淡淡的忧伤阴影。陈胤倩在评灵运的另一首诗《石门岩上宿》时云：“康乐终身一我，悲哉！悲哉！晞发阳阿（按原诗有‘美人竟不来，阳阿徒晞发’句），傲睨一世。”“终身一我”“傲睨一世”，亦可借来作为本诗末四句的笃评。

方东树评谢诗曰：“唯其思深气沉，风格凝重，造语工妙，兴象宛然，人自不能及。”（《昭昧詹言》卷五）本诗应是此评的一个好例。

（宋绪连）

南楼中望所迟客

原文

杳杳日西颓，漫漫长路迫。
登楼为谁思？临江迟来客。
与我别所期，期在三五夕。
圆景早已满，佳人犹未适。
即事怨睽携，感物方凄戚。
孟夏非长夜，晦明如岁隔。
瑶华未堪折，兰苕已屡摘。
路阻莫赠问，云何慰离析？
搔首访行人，引领冀良觌①。

注

① 觌(dí)：相见。

鉴赏

“南楼”，始宁墅中一座住宅的门楼。“迟”，等待。这诗是写伫望朋友来相会的心情。

“杳杳日西颓，漫漫长路迫。”“杳杳”，深远幽暗的样子。“迫”，窘迫，着急。这两句是化用刘向《九叹·远逝》：“日杳杳以西颓兮，路长远而窘迫。”是说落日西沉了，而行人还困于漫漫长途。“杳杳”“漫漫”两个叠词虽是描状客体，却也传达出主体那种莫可如何的惆怅。起句从傍晚写起，那么整个白天如何呢？读者不难想象。“登楼为谁思？临江迟来客。”“为谁思”，即思念谁。这两句自问自答，点明题意。下面转入回想：“与我别所期，期在三五夕。圆景早已满，佳人犹未适。”“三五夕”，十五日的夜晚；“圆景”，月亮。“佳人”指友人，“适”，来也。回想与友人分别时，约定在十五会面，现在十五早已过去，怎么还不来呢。“期在三五夕”，月亮最圆、月色最好时会面，那情景该多美。设想的美更反衬了今日失望的深，“早”“犹”呼应，传出他深深失望之情。

上面可以说是写迟客不至的失望，下面八句写与友人分别以来的情怀。“即事怨睽携，感物方悽戚。”“即事”“感物”为互文，就是遇到事物皆有感触，比如心中的不如意、物候的变化等。“睽携”，分离。“方”，常。这两句也就是说，别后以来时时事事都觉着不愉快。“孟夏非长夜，晦明如岁隔。”“孟夏”，初夏。“晦明”，由黑暗到明亮，指一夜。这里是化用《九章·抽思》：“望孟夏之短夜兮，何晦明之若岁。”是说初夏夜晚并不长，但在他看来好像一夜就是一年似的。上两句说别后无时不愁苦，这两句只写出夜晚的感受，是以少总多、举一斑而知全豹的笔法。“瑶华未堪折，兰苕已屡摘。”“瑶华”“兰苕”皆香花美草，古人常摘取它们赠给远方朋友以为问候，如《九歌·大司命》：“折疏麻兮瑶华，将以遗兮离居。”《九歌·山鬼》：“被石兰兮带杜衡，折芳馨兮遗所思。”这些语句跟这两句诗相似。“瑶花”，据说即麻花，孟夏时它还未开，而“兰苕”春天就已滋荣了，所以说：“瑶华未堪折，兰苕已屡摘。”不能折也好，多次摘也好，都说明他常常想给予朋友以美好的祝愿。但是，“路阻莫赠问，云何慰离析？”道路阻隔，音问不通，怎么能安慰离居的友人呢？这几句不仅表现了对友人入骨的思念，还表现了对友人一种温情的体贴，虽然自己是愁苦煎迫，但还想通过赠问，让友人得到慰藉。这是相怜相惜的纯真友情。

最后两句：“搔首访行人，引领冀良觌。”“搔首”，爬弄头发，表示焦急。《诗经·邶风·静女》有“爱而不见，搔首踟蹰”的话。“引领”，伸长颈项。“良觌”，欢乐的会见。这两句说，他在焦急地询问友人的消息，企望着能与友人欢乐相会。这里的“搔首”“引领”是两个细节，将他“望”的情态写得更逼真、更鲜明了。从结构上说，开始写“望”，中间写“想”，这里又是写“望”，是个回应，显得很是紧凑。而中间的“想”又是从失约推开，写到别后的思念，顺序井然。这都见出谢灵运作品精于结构的特色。

这首诗化用典故很多，细究起来，几乎每句都有出处，而以用《楚辞》的地方最多。《楚辞》多景物描写，多用比兴（尤其是兴），谢灵运的作品亦复如此，加之作者心情也常感悒郁，自然就会较多袭用《楚辞》语句了。但这首诗，并不给人饾饤生硬的感觉，正如方东树所言，他的用典“见似白道”（《昭昧詹言》卷五）。这也是他的高妙处。

（汤华泉）

庐陵王墓下作

原文

晓月发云阳，落日次朱方。
含悽泛广川，洒泪眺连冈。
眷言怀君子，沉痛切中肠。
道消结愤懑，运开申悲凉。
神期恒若存，德音初不忘。
徂谢易永久，松柏森已行。
延州协心许，楚老惜兰芳。
解剑竟何及，抚坟徒自伤。
平生疑若人，通蔽互相妨。
理感心情恸，定非识所将。
脆促良可哀，夭枉特兼常。
一随往化灭，安用空名扬！
举声泣已沥，长叹不成章。

鉴赏

在谈这首诗之前，必须简单介绍一下谢灵运与庐陵王的关系。庐陵王名刘义真，是宋武帝刘裕的次子。年纪虽小，对刘裕篡晋的做法却持保留态度，在刘裕诸子中算是个佼佼者。谢灵运出身豪门贵族，本来同刘宋王朝就存在着矛盾。刘裕称帝后，由于刘义真爱好文学，谢乃依附于义真。且义真尝言，自己如果得志，将以谢灵运、颜延之为宰相。可见他们之间有着特殊的政治关系。未几刘裕死，长子义符即位，是为少帝。他当然容不下条件比他优越的刘义真，乃于景平二年(424)正月废义真为庶人，同年二月，义真被杀害。这是当时权臣徐羡之等一手操纵的。不过少帝本人也于这一年五月被废立，六月被杀。八月，宋文帝刘义隆即位，当年即改元元嘉。至元嘉三年(426)，宋文帝为义真进行了平反昭雪。谢灵运于少帝即位之初便被贬为永嘉太守，后辞官居会稽(今浙江绍兴)，这时也被宋文帝召回京都(宋都建康，今江苏南京)。元刘履《选诗补注》以为此诗是谢被召还都，舟次丹徒(今江苏镇江)时所作。《文选》李善注说灵运“还至曲阿，过丹阳。文帝问曰：‘自南行来，何所制作？’对曰：‘过庐陵王墓下作一篇。’”盖刘宋宗室的陵墓都葬在丹徒附近。因此我们也把这诗的写作年代定在元嘉三年。

全诗共二十六句，四句为一节，共六节；最末二句为结语。由于谢灵运对刘义真确有感情，因此这首诗写得比较真挚动人。当然抚今思昔，也寄托了诗人自身政治上的沧桑之感。我以为，谢灵运虽以写山水诗见长，但作为抒情诗篇，这一首也是值得传诵的佳作。

此诗最大的好处即在于诗人以朴实无华的语言倾诉自己内心的直截了当的感情。中间虽通过用典而使全诗略具波澜，不过总的风格还是单纯素朴的。这同谢的另外一些专门模山范水的诗作有些异趣。开头四句，从旅程写起，似平淡质实却饱含着感情，在简明扼要的叙述中已暗示题意。“云阳”为今江苏丹阳县，“朱方”本古地名，即今镇江市，三国时名丹徒，也就是刘义真的墓址所在。“次”，止宿。“晓月”“落日”既表示时间，又反映旅程，如不与“含凄”二句连读，不过是寻常景语；一连下文，则此“晓月”“落日”便成为引发诗人伤感凭吊的背景和触媒了。“含凄”二句，上句写水行，下句写登陆后望见墓地的情景。“连冈”者，从墓所在，文势自然过渡到展谒刘义真陵墓这上面来了。“眷言”四句，正面写内心悼念刘义真的真实感情。“眷言”，回顾、眷恋之意，“言”是语助词，无含义。“君子”指刘义真。“沉痛”句直抒胸臆，纯用白描，朴素而肫挚。“道消”，《周易·否卦·彖辞》有“小人道长，君子道消”的说法，这里指义真受谗而被杀害，这当然使诗人要“结愤懑”了。“运开”，是对宋文帝刘义隆的颂辞，意谓文帝即位，开太平之运。“申悲凉”，刘义真图谋不轨的诬词既已得到昭雪，则自己至今也可以把内心的悲怨凄凉吐露出来了。“神期”四句，写初入墓地时的感受，思路是由今及昔，因见松柏成行而忆想庐陵王其人；而诗句的次第却是由昔及今，写自己脑海中一直保留着刘义真生前的音容。“物之所会”为“期”（见《荀子》杨倞注），“会”犹今言集中。这里的“神期”与“德音”对举，当是名词，指刘义真生前的神情举止，这种神情举止在人印象中愈久，便愈加集中而成了定型，故曰“神期”，当然它也就“恒若存”了。“德音”，指刘义真生前说过的话。“徂”，往，逝；“谢”，如言花木凋谢之“谢”。“徂谢”是人死的代称。作者展谒陵墓时，上距刘义真之死不过两三年，时间并不长，但活着的人却觉得他离开人间似乎已很久了，故言“易永久”。“松柏”句，有人认为应是“易永久”句的形象说明，疑非是。古人于陵墓周围植树，这本属常例；而这里所说的“森成行”，即森然一行行排列整齐，恐亦非年久自然长成，而是人工栽植的。盖松柏长势很慢，更不会天然自成行列，故鄙意此句固是写实，却亦隐有含义。诗人似用松柏之常青与人生之短暂、树木之永存与世事之多变来进行对比，言外暗示出庐陵王不过是牺牲品，他的命运和结局还不如墓边的松柏。这就使上文的“眷言”“沉痛”“愤懑”“悲凉”有了着落。以上三节，是就死者——庐陵王一方面来说的；自“延州”以下八句为第四、第五节，则从生者即谢灵运本人一方面，深入一层来抒发自己对庐陵王的情谊。文势似宕开而有了波澜，其实诗人对死者感伤凭吊的意思却更贴切了。

“延州”，指春秋时的吴季札。季札封于延陵（今江苏武进），故又称延陵季子。他在出使晋国途中曾路过徐国，徐君很爱季札的佩剑，想要它却不便启齿。季札已看出徐君心意，但剑为使臣必佩之物，无法相赠。等季札出使回来，徐君已死，他便到墓前致哀，把剑挂在墓树上然后离去。

因此徐国流传着一首民歌:“延陵季子兮不忘故,脱千金之剑兮带(悬挂)丘墓。”事见《史记·吴太伯世家》及刘向《新序》。“协”,这里是言行一致的意思。“协心许”,指把心中的许诺付诸实际行动。“楚老”,指西汉末年居于彭城(今江苏徐州)的隐士。汉末龚胜因不仕王莽而绝食自杀,有一老人来哭吊他,哭道:“嗟乎!熏以香自烧,膏以明自销,龚生竟夭天年,非吾徒也。”哭罢即去,人不知为谁。“惜兰芳”,正指此事。事见《汉书·龚胜传》及《文选》李善注引《徐州先贤传》。“解剑”二句说季札虽解剑协心,楚老虽抚坟痛哭,对死者已无及,而生者“徒自伤”,言外指刘义真含冤被杀,已是无可挽回、无法补救的事实。“平生”二句,紧承上面四句而言,“若人”指季札与楚老,意思说我对这两位古人的行事是有看法的,他们虽号为通人,而所作所为却有欠通达(“蔽”,塞,即不通达)。因为人死无知,挂剑与痛哭都于事无补,这岂非自相矛盾(“互相妨”即自相矛盾)!但这只是诗人故作曲折,使诗情略具波澜。所以接下来又下一转语,为“若人”的行动作出辩护性的解释。“理感”二句,是说他们的理性为死者之情所感,而其本人由于内心哀痛而情不自禁,因此他们的行动就一定无法受其见识的支配。“将”,行,及,这里有支配、控制的意思。前面说过,这首诗通体以本色语直陈胸臆,未免直往直来,所以这两节稍作转折,才不致过于平衍。

第六节的四句又回到凭吊庐陵王的本意上来。“脆促”，指生命脆弱而短促；“枉”，曲，“夭枉”，犹言夭折。“特兼常”指刘义真的夭折，其可哀尤倍于常人。“一随”二句是说人已死去，等于随造化而自然消失泯灭，虽有空名传扬后世也毫无用处。这四句也是一层比一层深入，“脆促”是泛指一般短命的人；“夭枉”则特指刘义真；“一随”两句，不仅指刘义真，也包括作者本人在内，意思说一个人只要死去，身后纵有空名又复何用。其语似旷达而实出以悲愤，与上文“道消”“运开”二句遥相呼应。

最末两句结语与上文“含悽”“洒泪”二句自成开合。诗写到此，意虽尽而情益苦，故思放声痛哭。但刚一举声，泪水已止不住滴了下来，变成了无声的哭泣。这句写得生动细腻，十分感人。“泣”本动词，指无声而流泪，这里借作名词，指泪水。“沥”本为名词，指下滴的水珠，这里却转为动词，犹言“滴”。下接“长叹不成章”句，明明诗已写完却说“不成章”，给人留下了未尽的余味，而作者的悲痛情怀则更加不言而喻了。陈祚明《采菽堂古诗选》云：“常论康乐情深，而多爱人也。惟其多爱，故山水亦爱，友朋亦爱。观墓下之作，哀惨异常，知忠义之感，亦非全伪。”确为持平之论。

（吴小如）

登临海峤初发彊中作与从弟惠连可见羊何共和之

原文

杪秋寻远山，山远行不近。
与子别山阿，含酸赴修畛。
中流袂就判，欲去情不忍。
顾望脰未悁，汀曲舟已隐。
隐汀绝望舟，骛棹逐惊流。
欲抑一生欢，并奔千里游。
日落当栖薄，系缆临江楼。
岂惟夕情敛，忆尔共淹留。
淹留昔时欢，复增今日叹。
兹情已分虑，况乃协悲端。
秋泉鸣北涧，哀猿响南峦。
戚戚新别心，悽悽久念攒。
攒念攻别心，旦发清溪阴。
暝投剡中宿，明登天姥岑。
高高入云霓，还期那可寻。
傥遇浮丘公，长绝子徽音。

鉴赏

宋文帝刘义隆元嘉五年(428),谢灵运因文帝示意,上表陈疾,再次东归会稽故里。当初文帝登基,诛杀灵运宿敌徐羡之等,谢客曾满怀希望,就任秘书监丞,与修《晋书》。但宋帝所赏识谢灵运者,不过是他的族望与文才,实际上对他却心存疑忌,因而可以"慷慨"地称誉灵运的诗书为"二宝",但却并不予以高位实权,灵运意殊不平,旷政游行,默示抗议,终于引来了这第二次的放归——贬逐。这次打击,较之前番外放永嘉更为沉重,绝望之余则更趋放荡,《宋书》本传记"灵运因父祖之资,生业甚厚,奴僮既众,义故门生数百。凿山浚湖,功役无已,寻山陟岭,必造幽峻,岩障千重,莫不备尽。登蹑常著木屐,上山则去前齿,下山去其后齿。尝自始宁南山,伐木开径,直至临海,从者数百人,临海太守王琇惊骇,谓为山贼,徐知是灵运,乃安。"纵情山水,放浪形骸,其实是内心幽愤外在的变态宣泄。这一点,唐人白居易看得最彻底。"谢公才廓落,与世不相遇。壮志郁不用,须有所泄处。泄为山水诗,逸韵偕奇趣"(《读谢灵运诗》)。放荡越甚,幽愤越深,一旦与知己相对时,就会表现出加倍的沉痛与热切,本诗正可见出谢客放荡之下的庐山真面目。

诗题中涉及三人。谢惠连,灵运族侄,才悟绝伦,《谢氏家录》曾记灵运与之相对,辄得佳句。传诵千古的"池塘生春草"句,相传就是久思不谐,梦见惠连而得之。羊为羊璿之,何即何长瑜。早在初次归隐时何长瑜即与灵运交好而蒙赏誉。此次再隐,灵运与三者并颍川荀雍,"以文章赏会,共为山泽之游",时人谓之四友(《本传》),后人则称为"谢客四友"。题中"临海",即今浙江天台,在会稽西南,为道教洞天。彊中,当即今浙江嵊州嶀山下之彊口,位于会稽与临海之间。题意为,将远登临海的尖山,由彊中初发而作此诗赠堂弟惠连,惠连如见羊璿之、何长瑜,可请二人一起和作。注家每以题中"临海"一名而谓诗当作于《宋书》本传所说"自始宁南山,伐木开径,直至临海"时。然而传所记为陆行,诗所叙为水行,故当作于此前。《宋书》记谢何相交在初隐时,而与羊璿之交在再隐后,诗题羊何并题,则定本诗作于再隐后,开山前大抵不差。灵运在嵊有石壁精舍,为其南居,所以本诗实由南居启行后作,很可能是历游嵊州诸胜后,初发远涉海峤之想。

全诗三十二句,八句一节,凡四节。

第一节写远游别弟,两情依依之状。起二句切题面"登临海峤",并点明时令。深秋往寻远山,"山远行不近",看似语意重复,细味之可感到诗人矛盾的心情,寻游之兴固佳,然而想起行程遥远又不禁愁从中来。"与子别山阿"两句点题面"初发彊中",且以"含酸赴修畛",将游兴与愁别的矛盾侧注到愁别中来。离情是如此的深重,往时携手联袂,今日中流分别,情怀依依,舟已行而人犹引颈相望,奈何舟行太速，颈犹未酸，行舟已隐没在曲屈的汀洲之中了。

第二节写惊流泛棹，日落栖泊，但离思无时或去，往事都来心头。前二句笔分两面，“隐汀绝望舟”为送者设想；从弟一定还伫立江岸，望断去舟；然而行者则已“骛棹逐惊流”，在骇浪惊涛中心潮起伏了。三四句合二为一，用《列子》中公孙朝“欲尽一生之欢，穷当年之乐”语，说的是：真想把一生的欢乐合在一起，与从弟并作这一次的千里之游。这是承上两相遥望而来很自然的想法(旧注解为“欲抑平生相与之欢，而独为远游”，误甚。既未明上下各二句的离合关系，又分明忽略了“并”字)，但是分别已成事实，并游之想徒为子虚。千里独行，愁思中不觉已夕阳西下，当是泊舟栖息之时了。寻寻觅觅，诗人终于停舟系缆在临江楼下。为什么偏偏选中此地泊舟呢？不仅是因为黄昏当息，更因为此地曾与从弟等同来共游，故地独栖，回忆当时的情景，也是稍纾离思，慰情聊胜无的办法啊！

第三节承上申足别恨。忆昔本为消愁，但结果旧日共游之欢乐反而映现出今日独行的悲苦，旧欢转成新愁，不禁叹息频频。这种无可排遣的愁怀本已使人劳心焦思，更何况又逢这启人悲怨的深秋？耳畔只听得，秋泉活活，哀猿嗷嗷，悲愁断肠的秋声，弥漫在夹江两岸。闻此，戚戚新别之心，更引动了旧事万千，都来心头。

第四节，力图从悲苦中振起，拟想舟至剡中登游寻仙的情景以自遣。诗人不堪新愁旧悲转相交煎的心情，就计算起行程，明日从鬼谷子修行的清溪出发，傍晚就可到达浙东名胜剡中，而后日清晨就可攀登“势拔五岳掩赤城”的天姥山了。一旦在高出尘嚣的云霓中徜徉，归期就将不复计虑。也许此游有幸遇到接引汉代王子乔到嵩山为仙的古仙人浮丘公吧，那么就更要与从弟永远分手了。全诗在远游成仙的遐想中结束，又仍含蕴着对从弟的怀恋，正与开头远行惜别首尾呼应。复杂的情思，是喜还是悲？是喜为主还是悲为要？恐怕诗人自己也难以说清，而读者则不妨见仁见智，去慢慢品咂。

不难看出，本诗体制酷学曹植的名篇《赠白马王彪》。彪为植之异母弟，本诗则赠从弟惠连。二人都受倾轧，无法在朝廷存身，而作远游，灵运曾谓天下之才共一石，曹植得八斗，自己得一斗，余一斗，天下人共分之。而由此诗可见，灵运之心折陈思，不唯在仰其才，更在于可引为同病相怜的隔代知音。其“愤而成篇”(《赠白马王彪》序)的歌唱，又一次证明了钟嵘所说谢诗“共源出于陈思”，洵为慧眼独具。

诗歌情景相生，辗转入深，又借顶真格联结上下章，藉其缠绵回环的音声加强抒情效果，也同于曹诗，而语言之于古拙之中见淳厚，如前析起句然，更可见仿效之迹。然而正如谢客学曹诸诗都并非邯郸学步一样，本诗之于《赠白马王彪》也有所创新。

二诗都转韵，曹诗都押平声韵，谢诗则平仄韵互转，在音声的扬抑变化中，更见掩抑之情，这种韵法，成为后世转韵五古的典型韵式。

谢诗的构思与间架也更趋复杂。从所要表达的情意看，《赠白马王彪》是较单纯的骨肉相残，宗臣去国之思，悲愤苍凉。而本诗则合远游的佳兴与离别的悲苦于一体，离愁中还更暗蕴外贬的牢愁。要将这些复杂的情思揉于一诗，其结构势必不能如曹植那样一线单衍，而运用了前析由游兴与行愁并起，再侧注于行愁，反复剀陈，更由愁中所见秋景折到遐想游兴，最后“傥遇浮丘公，长绝子徽音”两句，双收回应，诗思就如游龙行空，夭蜷连蜷，在深曲中见慷慨之情，较之建安诗，更耐咀嚼。

虚实详略的安排是本诗较曹诗精严的又一表现。曹诗七章，景物描写与抒情有所交叉，但并非每章如此，后半几乎全为抒情，而本诗四章，每章情景互转，两相比较可见曹之有所交叉并非有意安排，而谢之情景互转注重人工经营，但是其情景的位置富于变化，转换十分自然，可见到了锤炼精工的境地。篇中第三节的忆旧共增新愁一节尤可寻味，反反复复，是诗中之尤详者，但详中有略，并不铺写旧游景况，只在感情的交战上做足文章，读来就有回肠荡气之感，如果加以铺陈，则必转移全诗主线，就会滞涩而累赘了。这种略中详，详中略，较之曹诗之取材也更可见匠心作用。

曹植与谢客都以高才疏放见称，而其实又都是情感充沛而又深蕴之人，当其与亲友相对时，卸去了放诞的外衣，而以赤子之心相向，长歌当哭，其感情其实热得烫人。这也是中国士大夫的一种典型吧。

（赵昌平）

初发石首城

原文

白珪尚可磨，斯言易为缁。
遂抱中孚爻，犹劳贝锦诗。
寸心若不亮，微命察如丝。
日月垂光景，成贷遂兼兹。
出宿薄京畿，晨装抟曾飔。
重经平生别，再与朋知辞。
故山日已远，风波岂还时。
迢迢万里帆，茫茫欲何之？
游当罗浮行，息必庐霍期。
越海陵三山，游湘历九嶷。
钦圣若旦暮，怀贤亦悽其。
皎皎明发心，不为岁寒欺。

鉴赏

永嘉八年(431)春，谢灵运离开京都石首城(即石头城，在今南京西南)，溯江西上赴任临川内史。其时诗人刚刚在一场政治风波中幸免于难，而前面等待着他的，仍是生死未卜的命运。由于他与会稽太守孟顗构成仇隙，孟上疏告他有“异志”，并“发兵自防，露板上言”，造成他有谋反行为的严重事态。谢灵运不得不仓皇赶到建康，向朝廷剖明心迹。这次宋文帝虽然暂没有治他的罪，可是不准他回始宁的老家，而把他外放到临川（治今江西抚州）任职。朝廷心怀猜忌，不惜以杀戮手段诛锄异己，他深知日后的处境更加岌岌可危。这首诗就是在此种境遇和心情下写成的。

诗的前八句，以议论感喟的方式隐括了此次“初发”的缘由，意谓遭谗受诬、有身不得已者。首两句先引古代格言点出令人寒心的世态人情。“白珪”“缁言”语出《诗·大雅·抑》：“白圭之玷，尚可磨也；斯言之玷，不可为也。”《论语·阳货》：“不曰白乎，涅而不缁。”指人言可畏，往往变白为黑，而且一旦为流言所中，尚不像白玉上的污垢容易洗刷干净。三句以下说到自己的亲身遭际。“遂抱”“犹劳”两句，语意顿挫转折，意谓自己虽以忠信磊落之怀抱应物处世，仍不免被小人罗织罪名而受到诬害。“中孚”是六十四卦之一，《易·中孚》彖辞云：“中孚以利贞，乃应乎天也。”言心中诚信，应为吉利。“贝锦”典出《诗·小雅·巷伯》：“萋兮菲兮，成是贝锦。”指进谗者集己之过以成罪，犹如女工用五色丝线编织锦上的花纹一样。以下五、六两句说自己险遭不测，七、八两句说幸蒙宽宥。前面既已说“白珪”“中孚”，这里又云“寸心亮”，亮同倞，亦诚信之意，其意乃在剖明心迹，故不惜再三郑重致词。“成贷遂兼兹”用《老子》四十一章语：“夫唯道，善贷且成。”原指道之所施，足以使万物成其形、保其德;这里指皇恩浩荡,使自己的性命和名誉得以保全,而此次足下之行,亦正成于此也。以上几句虽不具言受诬情事,而过去这一场风波之险恶、处境之孤危,已历历可见,不仅交代了初发的缘起,而且一开始便使之笼罩在惊悸未定的极为沉重的气氛之中。

从"出宿薄京畿"句以下,主要抒写初发时的纷纭思绪和感受。诗人于初发的场景只用两句一掠而过:"京畿""晨装"点明地点和时间。"抟曾飔"点明水行,按"抟"即凭借,语出《庄子·逍遥游》:"抟扶摇而上者九万里";"曾飔"指疾风;御风而行,这里即指挂帆乘舟而去。诗的主要笔墨用于写临行之际的所思所感,而这些感想又是逐层展开的。首先是去国之悲。当此与亲朋辞别之际,忽由"重经""再与"四字勾起十年前类似的往事:时在永初三年(422),诗人离京赴永嘉郡守任,邻里亲友曾相送至南京附近的方山。十年前曾被逐出京都,备尝羁旅之苦,不料今日又罹祸远谪。上次去永嘉尚和家乡属同一方向,故诗人当时有诗云:"枉帆过旧山""始得傍归路";而这次去临川则是西行,离故乡相去日远。于是一种风波失所、茫然无所适从的心情油然而生。这里的"风波"语含双关,不仅指风高浪险的水程旅况,更指充满危险的宦海浮沉。"茫茫欲何之"又何止是行舟江上莫辨方向的迷惘,其中更有对命运凶多吉少的不祥预感,《庄子·天下》中的"芒乎何之?忽乎何适?"即为此句之所本。这是一层。其次是远游之想。诗人于惶恐困惑之中又思解脱,故“游当罗浮行”以下四句由实感翻作悬想之景。诗中出现的罗浮、庐霍、三山、九嶷,在地域上并不相连,它们并非是实指,而是诗人的寄意所在。昔孔子有云:“道不行,乘桴浮于海。”屈原在他所写的《楚辞》篇章中,曾借周天历地的远游以舒愤解忧,这里即取《楚辞》的远游之意。罗浮、庐霍、三山等在古来的传说中均为求仙登遐之地,故此处不仅有寄情山水的意思,而且也包含了出世之想,精神的苦闷既无从找到出路,那么抚四海于一瞬的神游也未始不是一种安慰。这是第二层。最后四句写自己矢志不移的决心。这里的“钦圣”“怀贤”均由上面的“九嶷”生发而来,九嶷山为舜葬之所,屈原在《离骚》中也曾远游至此“就重华(舜之别名)而陈词。”故末四句言志抒怀,即从舜和屈原说起,谓在寂寞困顿之中,惟有以怀想先圣前贤的事迹风操而自勉,诚如《庄子·齐物论》所云:“万代之后而一遇大圣,知其解者,是旦暮遇之也。”虽相隔千秋万代而一如近在眼前。值此明途首发之时,正不妨披肝沥胆、坦露光明磊落之心迹,此情此志,犹如松柏经岁寒而不凋,终不以环境之恶劣而有所改变也。

这首诗通篇抒写感受而不觉枯涩,原因是诗人展示了其心理历程的丰富内容。全诗以“初发”为枢纽,将已然的往事和未然的前途连成一片。而在表现上又时以比兴出之,不是一味地作理语。诗中用字典重,颇多《易》辞《庄》

语，又取泽于《诗经》《楚辞》，既富有书卷气，又无不妥帖稳老，这是大谢诗歌语言风格上的显著特点，也表现了在新体诗创制时期，诗人在语言上含英咀华、镕铸新词的业绩。

（钟元凯）

入彭蠡湖口

原文

客游倦水宿，风潮难具论。
洲岛骤迴合，圻岸屡崩奔。
乘月听哀狖，浥露馥芳荪。
春晚绿野秀，岩高白云屯。
千念集日夜，万感盈朝昏。
攀崖照石镜，牵叶入松门。
三江事多往，九派理空存。
灵物郄珍怪，异人秘精魂。
金膏灭明光，水碧辍流温。
徒作千里曲，弦绝念弥敦。

鉴赏

彭蠡湖，即今江西鄱阳湖。湖口即江州(今江西九江)口，为彭蠡与长江交接处。自《尚书·禹贡》后，古书对湖口水势的记载有“三江既入”“九江孔殷”等说，由于地貌变迁，加以传说悠谬，是三为九，本费猜思，而具体何指，更莫衷一是。于是种种的传说也应运而生。这本是人们发思古之幽情的好处所，加以水流吞吐，水道复杂，更有一派奇景壮观，于是催发了诗人们千百次吟咏，谢客此诗是其中最早的也是最优秀的篇章之一。

诗作于元嘉八年(431)晚春,由京城建康赴临川(治今江西抚州)内史任途中。其前,会稽太守孟颛诬灵运在浙聚众图谋不轨,灵运赴京自诉,总算文帝“见谅”,留他在京。一年后外放江西,其实含有驱虎离山,断其根本之意。灵运对这种明用暗放的手段心中是了然的。先此二度归隐,已使他悲愤难已,今番横遭罗织,自然更添怨恨,所以从离开石首城起,所作《初发石首城》《道路忆山中》诸作中,他均以遭谗流放的屈子自比,一旦进入彭蠡湖口,心潮更与风涛同起伏,遂以如椽雄笔,总揽入湖三百三十里景物,抒达幽愤。

“客游倦水宿,风潮难具论。”二句突兀而起,立一诗总纲。“倦”“难”二字最耐咀嚼,伏下了贯穿始终的主脉。诗人对日复一日的水行客宿已经厌倦,何以厌倦?因为风潮难于一一具说;亦即变幻不定,莫可理究,凶险难测。看来这是说的此行观感,推而广之,则又是多年旅程颠沛的总结;深而究之,更为隐隐仕仕,是是非非,宦海风波在诗人心中投下的阴影。“洲岛骤回合,圻岸屡崩奔。”承“难具论”写彭蠡水势:波涛奔流,时而遇到洲岛,立刻遽分两股,急转猛合,又冲撞到岸崖之上,崩起重重雪浪,更凝聚起来,奔流而下,这凶险的水势,是所以为“难”的注脚,也传达出诗人烦扰起伏的不平心声。

五、六句笔势陡转,忽开清景,说沿途,有时乘月夜游,湿露而行，聆听那哀怨的猿啼，赏玩那芳草的浓香；有时则晨起远眺，只见近处晚春秀野，碧绿无际，远处苍岩高峙，白云朵朵，似同屯聚在峰顶上一般。一昏一朝似是两幅恬静的美景；然而果真如此吗？七、八句剔出了它们的内涵：“千念集日夜，万感盈朝昏”，原来静景并不表现诗人心情的平静，他只是想凭借与寥夜清晨静景的对晤，来参透这“难具论”的冥冥之理。但是日日夜夜，朝朝昏昏，百思千索，依然只是个“难具论”。于是他感慨万千，再也不耐静思默想。他攀登悬崖，登上了浔阳城旁庐山之东的石镜山；牵萝扳叶，穿过四十里夹路青松，进入了湖中三百三十里的松门山顶。访异探秘，登高远望，企望灵踪仙迹能照彻他心中的疑难，东去江流能启迪他纷乱的理智。然而三江九派，先哲的记载，已都成难以追寻的故事；沧海桑田，何以有这千变万化的自然之理，更难以认真考究。郭景纯的《江赋》曾说长江“纳隐沦之列真，挺异人乎精魂”，又说江神所居“金精玉英瑱其里，瑶珠怪石琗其表”。然而现在，灵物异人固已惜其珍藏，秘其精魂；金膏仙药，温润水玉，更早已灭其明光，辍其流温。“天地闭，贤人隐”，对于这颠颠倒倒，是非莫名的一切，诗人再也“倦”于寻究，于是他奏起了愤懑哀怨的《千里别鹤》古琴曲。“黄鹤一远别，千里顾徘徊”，是到了永作归隐决计的时候了，但是心中的一点情愫又如何能够真正泯去？心潮催动着他紧拨快弹，企望让琴音来一洗烦襟。突然断弦一声，万籁俱寂，唯有那无尽愁思在江天回荡……

《入彭蠡湖口》表现了大谢诗作的新进境。观谢集,大抵在永嘉三年(422)三十八岁前,他的诗作留存既少,风格也较多承建安(如《述祖德诗》)、太康(如《九日从宋公戏马台》诗)之绪,尚未形成明显的独特风格。永嘉之贬后直至二番归隐的将近十年间,他以幽愤之情合山水清音,确立了其山水诗鼻祖的崇高地位。他善于于清森的物象交替中将感情的变化隐隐传达出来,意脉贯通,夭矫连蜷,而炉锤谨严,曲屈精深,典丽精工。但是针法时嫌过细,状物时嫌过炼,使典时嫌过直,理语时嫌过多,读来时有滞重之感,而缺少后来杜甫、韩愈等人那种大开大合,变化洒脱的气魄。这个弱点在二次归隐时某些篇章中有所突破,但并不大。至本诗则已可显见杜、韩诗作的先兆,表现有三:

其一是边幅趋于广远。谢灵运先此之诗,所记游程较窄,虽然早已突破了汉人即事生情的樊篱,而总是借一地之景抒积郁之情,探玄冥之理,但毕竟边幅较狭,大气不足。本诗则以二十句之数,总揽入湖三百余里诸景,以少总多,边幅广远为前所未有,也因此显得比前此作品疏朗高远。

其次是笔致趋于跳荡;这不仅因为揽景大而纵横多;更因为泯去了前此诗作中的针痕线迹。“春晚”“白云”一联之陡转逆接,空间传神,充分表现了这一进展。不仅打破了一景一情,转转相生的格局,在一节写景中即有几个感情层次，而且深得动静相生，浓淡相间，张弛得宜之效。这种跳荡又与其固有的谨严相结合，全诗倦、难并起，再由“难”生发展开，最后归到深一层的“倦”，更透现出倦中之愤。在这一主线中，又以“千念”“万感”一联与“三江”“九派”一联，一逆接，一顺转，作两处顿束，遂将跳荡之笔锋与严谨的组织完美地结合起来，这是后来杜、韩诗结构命笔的最重要的诀窍。

其三是景语、情语、理语更形融合：谢诗的理语，决非人们常说的“玄理尾巴”。他的理均由景中随情生发，这在前几篇赏析中已多次谈到，在当时的历史条件下，未可厚非，也不失为一体。本诗的“理”则融洽得更好。全诗实际上都在说理之“难具论”，而直至“九派理空存”才剔明这一点，再以下写江景各句，景中句句用典，也句句有情含理，却完全由即目所见写出，无有痕迹。最后“弦绝念弥敦”一句更有无尽远思，味在酸咸之外。如果说先此的谢诗，多由情景生发归结到理，那么本诗已倒了过来，理已变成了情景表达的陪衬，显示了山水诗进一步脱略玄言影响的进程。

人们常说六朝诗至齐梁间的谢朓才初逗唐音。其实谢朓之影响唐人更多短制，且主要影响王维、孟浩然一脉；论到大篇的诸种艺术手段，与杜、韩一派的大手笔，初逗唐音的则非谢客莫属。

（赵昌平）

入华子冈是麻源第三谷

原文

南州实炎德，桂树凌寒山。
铜陵映碧涧，石蹬泻红泉。
既枉隐沦客，亦栖肥遁贤。
险径无测度，天路非术阡。
遂登群峰首，邈若升云烟。
羽人绝仿佛，丹丘徒空筌。
图牒复磨灭，碑版谁闻传？
莫辨百世后，安知千载前？
且伸独往意，乘月弄潺湲。
恒充俄顷用，岂为古今然！

鉴赏

人在对现世失望后，往往祈向神仙佛道，企望在作彼岸世界的徜徉想象中，获得对此岸世界失去的东西的补偿。而一旦到达彼岸世界也进而怀疑，进而不信，那么他也就大彻大悟，也就“嗒焉若丧”“心如死灰”了。道家不同于道教，庄子笔下的神人与张天师也大异其趣，要领会道家的至妙玄理，还必须参透道教这一关，从对神仙化的世俗之欲中再超脱，达到至人无我的逍遥游的精神境界。然而虽说超脱，其骨子里，却仍是对人间世的翻了一个筋斗的极度绝望。临川之贬后，谢灵运的诗作就表现了这种精神状态，数年前在永嘉，在会稽的那种“始信安期术，得尽养生年”(《登江中孤屿》)，“傥遇浮丘公，长绝子徽音”(《登临海峤》)的企望已经不见，而代之以对神异仙踪的怀疑，这在《入彭蠡湖口》诗中已露端倪，而在到临川任后所作的本诗中，表现就更为明显了。

华子冈，在临川南城县(今属江西)四十五里，谢客《游名山志》，“华子冈，麻源第三谷。故老相传，华子期者，禄里先生弟子，翔集此顶，故华子为称也。”而所谓麻源，则是因女仙麻姑得名，南城有麻姑坛，其北为麻源，麻源有三谷，一为麻姑山南涧，二为麻姑山北涧，三即华子冈。诗题“是麻源第三谷”，即释其意，颇疑原为题下小注，然《文选》所录题即如此，后人相因，遂为定题。

起四句总写登山前所望见华子冈奇景，江西古为南荒之地，南方火德，色赤，起句先点明地理位置，下三句承“炎德”写奇景，虽已时属秋冬，而寒山之上桂树仍然荣丽。铜山赭赤，映照着深涧碧泉，山路上飞泉殷红，奔流而下，这红泉是因山色映射，日光下照所致；抑或是土质渗泉，为之染色而成，则远望而不可详究了。《山居赋》说“石照涧而映红”，又云“泛丹沙于红泉”，其景正同。

“既枉”两句打转，入“华子”题意。如此奇幻的胜景，古往今来当吸引过无数的哲人高士，他们或者枉驾暂访，或者结庐肥遁，无怪乎民间、方志有许许多多的传说记载，这又怎能不引逗起诗人的游兴呢？于是他在下临无底深谷，上接窈窠青天的崎岖小路上拾级攀登，终于登上了华子冈首，历经幽仄后，放眼远望，万类伏于足下，这时诗人也不禁与这灵境化为一体，有心旷神怡，飘飘欲仙之感。

"羽人"以下四句写登山后寻访仙踪。由欲仙之感，诗人自然产生了求访传说、记载中仙迹的愿望。然而羽化登仙的先哲，那缥缈的身影既已绝迹；可与丹丘神山比并的华子冈，也如同竹筌之无鱼，空空如也。记载中的图书谱牒已经磨灭，金石碑版也不复流传。寻踪至此，诗人忽然省悟，自己的行事，百世之后人们当无由得知，那么千载前的仙踪，又怎能探究呢？这寻仙之举岂非可笑？

明白了神仙之事本不可凭，身后是非又何必萦怀，一时，诗人似已大彻大悟。人间的一切乃至世人所向往的一切都已不复萦心，庄子不是说过："江海之士，山谷之人，轻天下细万物而独往者也"，独往，也就是"独与天地相往来"。与自然大道化为一体。山月已升，正可在照彻天地的澄光银辉中赏玩那清净无垢的潺潺山泉。而一切的一切，包括这月夜山中的逸兴，也都是为一时之间适己任心而已，正不必以此自高，正不必去考虑什么今日之我，千古后如何；亦如同我在今日，原不必去寻访古仙先哲。古与今，真与伪，是与非，物与我，无非是"彼亦一是非，此亦一是非"。未知读者在谢客这种逍遥自在中感到些什么？

在笔者，则感到诗人心中，那业已变得微漠了的幽愤悲哀……

奇幻的景物，访古的幽思，至玄的妙理，以及这一切之下的微漠的哀思，在诗中交融为一体，较之临川之前诸作来，本诗写得更为圆融，也表现出谢诗的一些新进境。

全诗实分四个层次，其基本间架，仍是谢客所创的情景互转，曲屈以尽其意的写法，但层次间的过接，状景的方式已有所变化。如果说一、二层之间，三、四层之间，仍是用的以议论（或抒情）作顿束转接的老方法，那么二、三层之间，由登山到访仙却已泯去形迹，只由登山所生凌云之感，从意念上转入访仙，而"云烟""仿佛"对应，在气氛上若即若离，连中又有转折，以"升"与"绝"对照，拗入反一层意思，遂从圆润中现出拗峭之势。如果说"桂树凌寒山"，以"桂树"置"寒山"上，又加"凌"字点睛，以显示欣荣之致；"铜陵"一联设色精致，动词"映""泻"，更贴切传神：都表现了谢客一贯的善写物状以寄意的特点；那么二层的"险径""天路"一联，三层的"图牒""碑版"一联，四层的"乘月弄潺湲"，已将记行写景寓情完全糅合在一起写，绝无芜累之病。洗削繁丽，笔走轻越，是南朝至盛唐王孟，山水诗发展的总趋势，而这一趋势，在谢客后期作品中已自己起步了。

本诗用典的技巧也有了进一步发展。"南州实炎德，桂树凌寒山""羽人绝仿佛，丹丘徒空筌"一居诗首，一居篇中，分用楚辞《远游》"嘉南州之炎德兮，丽桂树之冬荣"及

“时仿佛以遥见兮”“仰羽人于丹丘”。不仅切合即目之景，不啻似口出，且暗暗蕴有以屈子流放自比之意。但仙说空幻，儒家的屈子也并不能给诗人以解脱，于是一归于庄生独往之意。谢诗用典尤多庄、骚，佳句迭出；而像如此连用以寓意，且完全不落痕迹，又显出了后来杜诗用典的先兆。

（赵昌平）

发归濑三瀑布望两溪

原文

我行乘日垂，放舟候月圆。
沫江免风涛，涉清弄漪涟。
积石竦两溪，飞泉倒三山。
亦既穷登陟，荒蔼横目前。
窥岩不睹景，披林岂见天。
阳乌尚倾翰，幽篁未为邅。
退寻平常时，安知巢穴难。
风雨非攸恡，拥志谁与宣？
倘有同枝条，此日即千年。

鉴赏

古典诗歌至六朝进入了“诗运转关”的时期，如果说汉魏古诗以天然胜，那么晋宋以后的新体诗则以人巧胜。作为“元嘉之雄”的谢灵运，更以“人巧夺天工”而著称于世。例如其诗的经营章法就十分讲究，清代的方东树称之为“高妙深曲，变化不可执着”（《昭昧詹言》卷一）。本诗即可为证。

这首诗由夜游、昼游及感受三部分组成，每部分各占六句。按游览的时间顺序说，是昼游在先，夜游在后，而诗中却将夜游部分置于昼游之前。诗的首二句即从日暮写起，言暮时继续行游，至月夜而泛舟江上。次二句写水面如镜，风波不起。“漪涟”指细似縠纹的水波。上有月光清朗，下有微波荡漾，水天一色，交相辉映，浸淫在一派闲静轻柔的氛围之中。而“沫”“涉”二字又透出游者的情态。“沫”指以手掬水洗面，“涉”原指步行渡水，二字以工整的对仗，表现了主人公在江上纵情嬉戏的欢快情趣。五、六两句写夜行所见的奇异景色以应题。按诗中所写的“归濑”可能即在嵊县石门一带，“两溪”“积石”或即谢灵运《山居赋》自注中所说的双流和崿石，注云：“双流，谓剡江及小江，此二水同会于山南。”“崿者，谓回江岭，在其山居之南界，有石跳出，将崩江中，行者莫不骇慄。”可资参证。“三山”，所指不详。这两句以“竦”字描摹巨石的突起耸立之状，以“倒”字形容飞瀑的倾泻直下之势，仿佛石破天惊，蔚成壮观。以上六句，写出了夜游由陆路到水行，最后抵达目的地的全过程，而所见江水的平静和三山两溪的奇崛又情味迥异，生动地再现了景观的不同风神，可谓摇曳生姿。

“亦既穷登陟”以下六句，以倒叙笔法追忆昼游的所见之景。登山眺览，惟见一片莽莽苍苍的景象。“荒蔼”句为总写，概括了幽僻深杳的总体印象；“窥岩”和“披林”两句则分写山高、林密。重岩叠嶂、树林茂密，以至连天日都仿佛被遮蔽不见了。这里是用夸饰的手法极写环境之艰险，以为下文的张本。接下来“阳乌”两句，为记忆中的白昼游程摄下最后一个镜头：行者披着夕阳的余晖，正在幽深的竹林之中穿越而行。传说太阳中有三足乌，乌为阳精，故以“阳乌”代日；翰为翅膀，这里借喻落日斜射的光芒。邅，指回转难行。这两句中的“尚倾翰”“未为邅”，与上两句的“不睹景”“岂见天”似相牴牾，其实一为纪实，一为描写，盖因用笔虚实之不同也。这六句从登山写到返程，最后以“阳乌倾翰”回顾照应到诗的首句，遂以“日垂”为契机，把昼游和夜游、山行和水行连成一气。全诗的写景纪游部分以后一段行程的起点发端，以前一段行程的终点收煞，拦腰说起，首尾承接，不仅使整个纪游部分显得神固气完，而且也使诗的章法布置别开生面，颇有奇观意外之妙。

诗的最后六句抒写感受。诗人由此番登陟的亲身经历，联想到巢居穴处的岩栖之难。巢穴的不蔽风雨固然可忧，然而更可忧的，是没有可以一吐衷肠的知己。这里或指诗人的“方外交”昙隆和法流二法师，这两位友人都是“辞恩爱，弃妻子，轻举入山”而作“高栖之游”的。诗人在《山居赋》中曾说：“苦节之僧，明发怀抱。……虽一日以千载，犹恨相遇之不早。”意谓朋友相得之欢，一日胜似一千年。志同道合的朋友总是相见恨晚，此日如能同游，又该是何等欢欣雀跃？谢灵运在其吟咏石门的篇什中，每多抒写寂寞之感，如“惜无同怀客，共登青云梯”“美人竟不来，阳阿徒晞发”等。本诗亦然。诗中的感受既是在登山过程中直接触发的，因而诗人将昼游部分移后，也就不难理解了。因为只有如此才便于使情景相关处连成一体,而避免了将情与景截分两橛的弊病。这种在章法布局上的缜密用意,正是大谢诗惨淡经营的一个重要方面。

（钟元凯）

岁　暮

原文

殷忧不能寐，苦此夜难颓。
明月照积雪，朔风劲且哀。
运往无淹物，年逝觉已催。

鉴赏

用精细工致的笔法描绘南方山川奇秀之美，是大谢诗的主要特色。有趣的是，他的两联最出名的警句却并不以工笔细描见长，而是以“自然”见称。“池塘生春草，园柳变鸣禽”（《登池上楼》）一联，固然是作者自诩“有神助”的得意之句，本篇的“明月”一联更被诗论家推为“古今胜语”的代表。钟嵘《诗品序》说：“至于吟咏情性，亦何贵于用事？‘思君如流水’，既是即目；‘高台多悲风’，亦惟所见；‘清晨登陇首’，羌无故实；‘明月照积雪’，讵出经史？观古今胜语，多非补假，皆由直寻。”这段话不仅表达了钟嵘论诗的一个重要观点，也道出了“明月”一联的高妙之处——直寻，即对生活（包括自然景象与社会人事）的直接真切感受，以及由此形成的诗歌的直接感发力量。

这是一首岁暮感怀诗，时间又是在寂静的长夜。在这“一年将尽夜”，诗人怀着深重的忧虑，辗转不寐，深感漫漫长夜，似无尽头。诗的开头两句，以夜不能寐托出忧思之深,用一“苦”字传出不堪禁受长夜难眠的折磨之状。但对“殷忧”的内涵,却含而不宣。《诗·邶风·柏舟》有“耿耿不寐,如有隐忧”之句,谢诗这一联当化用其意,但“殷忧”的具体内涵自然根于诗人的生活、遭际与思想性格。谢灵运是一个自视很高而性格偏激的贵族文人。刘宋王朝建立后,“朝廷唯以文义处之,不以应实相许。自谓才能宜参权要,既不见知,常怀愤愤。”后来不仅受到徐羡之的排挤,出为永嘉太守,而且因自己的“横恣”与统治集团内部的倾轧而遭杀身之祸。这首诗据“年逝觉已催”之句,当作于其晚年(他死时年仅四十九岁),诗中所谓“殷忧”,除了下文已经明白揭出的“运往”“年逝”之悲外,可能还包含“亹亹衰期迫,靡靡壮志阑”(《长歌行》)之慨,和“晚暮悲独坐,鸣鶗歇春兰”(《彭城宫中直感岁暮诗》)之忧。总之,它并非单纯的对自然寿命的忧虑,而是交织着人生追求、社会人事等多方面矛盾的复杂思绪。用“殷忧”来概括其深重复杂的特点,是非常切当的。

三、四两句是殷忧不寐的诗人岁暮之夜所见所闻。明月在一般情况下,是色泽清润柔和的物象,诗中出现明月的意象,通常也多与恬静悠闲的心态相联系;即使是忧愁,也常常是一种淡淡的哀伤。但明月映照在无边的皑皑积雪之上的景象,却与柔和清润、恬静悠闲完全异趣。积雪的白,本就给人以寒凛之感,再加以明月的照映,雪光与月光相互激射,更透出一种清冷寒冽的青白色光彩,给人以高旷森寒的感受，整个高天厚地之间仿佛是一个冷光充溢、冰雪堆积的世界。这是一种典型的阴刚之美。这一句主要是从色感上写岁暮之夜的凛寒高旷之象。下一句则转从听觉感受方面写岁暮之夜所闻。“朔风”之“劲”，透出了风势之迅猛，风声之凄厉与风威之寒冽，着一“哀”字，不仅如闻朔风怒号的凄厉呜咽之声，而且透出了诗人的主观感受。两句分别从视、听感受上写出岁暮之夜的高旷、萧瑟、寒凛、凄清，作为对冬夜的即景描写，它确实是典型的“直寻”，完全是对眼前景直接而真切的感受。由于它捕捉到了冬夜典型的景物与境界，给人的印象便十分深刻。但这两句的真正妙处，却不仅仅是直书即目所见，而且由于它和殷忧不寐的诗人之间存在一种微妙的契合。诗人是在特定的处境与心境下猝然遇物，而眼前的景象又恰与自己的处境、心境相合，情与境合、心与物惬，遂不觉而描绘出“明月照积雪，朔风劲且哀”的境界。明月映照积雪的清旷寒冽之境象，似乎正隐隐透出诗人所处环境之森寒孤寂，而朔风劲厉哀号的景象，则又反映出诗人心绪的悲凉与骚屑不宁。在这样一种凄寒凛冽的境界中，一切生命与生机都受到沉重的压抑与摧残，因而它也不妨看作诗人所处环境的一种象征。

五、六句即由“积雪”“朔风”的摧抑生机而生：“运往无淹物，年逝觉已催。”运，即一年四季的运转。随着时间的运行，四季的更迭，一切景物都不能长留，人的年岁也迅速消逝。值此岁暮之夜，感到自己的生命也正受到无情的催逼。这两句所抒发的岁月不居、年命易逝之慨，是自屈原的“日月忽其不淹兮，春与秋其代序。惟草木之零落兮，恐美人之迟暮”的慨叹以来，历代诗人一再反复咏叹的主题。大谢诗中，这种人命易逝的感慨也经常出现，成为反复咏叹的基调。这首诗则比较集中地抒写了这种感情。由于这种迟暮之感与诗人的“壮志”不能实现的苦闷及“鸣鶗歇春兰”的忧虑联系在一起，更重要的是由“明月”二句所描绘的境界作为烘托，这种感慨并不流于低沉的哀吟，而是显得劲健旷朗、沉郁凝重。

皎然《诗式》说：“‘池塘生春草’，情在言外，‘明月照积雪’，旨寓句中，风力虽齐，取兴各别。”这两联虽同具自然、直寻的特点，但同中有异。“池塘”句的妙处必须结合上下文，特别是久淹病榻、昧于节候，褰帘临眺，忽见池塘春草已生的特殊背景方能领会，妙在于不经意中突然有所发现与领悟，皎然说它情在言外是十分切当的。而“明月”一联虽亦即目所见，但它本身已构成一个带有象征色彩的意境，能引发读者对诗人处境、心态的丰富联想，故说“旨寓句中”。同时，“池塘”一联纯属天籁，“明月”一联却是锤炼而返于自然，“照”字“劲”字“哀”字都有经营锤炼功夫。只不过这种锤炼并不露雕琢之痕罢了。许学夷《诗源辩体》说：“五言至灵运，雕刻极矣，遂生转想，反乎自然。……观其以‘池塘生春草’为佳句，则可知矣。”“明月”一联正体现为由雕刻而返于自然的又一例证，但它距“池塘生春草”式的天籁似乎尚隔一尘。

（刘学锴）

东阳溪中赠答二首

原文

可怜谁家妇？缘流洒素足[①]。
明月在云间，迢迢不可得。

可怜谁家郎？缘流乘素舸。
但问情若为，月就云中堕。

注

① 洒（xǐ）：通洗。

鉴赏

东阳溪，即东阳江（今金华江），流经今浙江东阳、金华一带。这两首诗是写这一带的风情，用民歌体，设为男女互相赠答。

第一首是男的唱给女的听，由第二首知这男的大概是往来这一带的船工。他唱道：“可怜谁家妇？缘流洒素足。”“素足”，白皙的脚。意思是：可爱哟，这是谁家的妇人？就着这河流洗她那白皙的脚。“素足”，这是极富刺激性的意象。古代妇女手足很少裸露，因此“素足”与“素手”“皓腕”在古代诗文中常成为女性形体美的表征，成为引发男子性意识的触媒。南朝宋代一首民歌就这样写道：“揽裳踱，跣把丝织履，故交白足露”(《读曲歌》，大意为：撩起裙子在徘徊，赤脚手拿丝织鞋，有意教白足露出来)。后来李白也一再在诗中写道：“屐上足如霜，不着鸦头袜。”(《越女词》其一)“一双金齿屐，两足白如霜。”(《浣纱石上女》)还要提起的，谢灵运和李白描写的都是越女，而越女向被认为是少见的美、少见的白(杜甫《壮游》有“越女天下白”之句)，同时越中的山水又是少见的秀异，越女在这样的江水中洗“素足”，该叫少年船工如何的神魂颠倒啊。所以下面他就发痴想了：“明月在云间，迢迢不可得。”“迢迢”，高远的样子。由素足的白联想到“明月”的明，然后又以明月代指洗足妇，明月高高出没于云间，是那样引人注目、撩人思绪，但可望而不可即啊。“迢迢不可得”表现出了爱而欲得又不可得的焦灼心情。

男的唱过后就是女的应答了。第二首洗足的女子唱道：“可怜谁家郎？缘流乘素舸。”可爱哟，谁家的小伙子？在江中驾驶着那白帆船。这两句与上首对应的两句只是变换了三个字，其余都是相同的。民间对歌多是如此，对歌的人往往接过挑歌的人的歌词稍作变换就脱口而出，显得机敏而风趣。这里以“郎”称呼对方，已露爱悦。“素舸”，一般解释为“无饰之船”，似嫌笼统。素者，白也，这宜指白帆、白篷之船。晋《懊侬歌》：“江中白布帆，……许是侬欢归。”(江中的白布帆船，……大概是我心爱的人儿归来了。)在古代女子看来，男子肤色白、饰物白就是美，在诗中常见有称美“白面郎”“白帽郎”“白马儿”的语句。这里的“素舸”也是带有很浓的感情色彩的。她看到可爱的少年乘坐素舸,又听到他以热烈的情歌相赠,可以想见那有多大的诱惑力,于是她便以心相许了:“但问情若为,月就云中堕。”这是说:要问我的心情怎么样(“若为”,若何、怎么样),你看那月亮已向云中落下了。这是一句隐语。上首男子以月比女子,这里女子应当也是以月比自己,向云中落下,意谓并非“迢迢不可得”,已是来到你面前了。还有一种理解,认为月堕天黑,正好幽会。(李白曾隐括这两首诗作《越女词》其四:“东阳素足女,会稽素舸郎。相看月未堕,白地断肝肠。”这里说:“月未堕”而“断肝肠”就是说天不黑而不得幽会,因而焦急。看来他也认为“月就云中堕”就是月将黑正好幽会的意思。)这也可以说得过去。不管如何理解,这都是情许的表示。听话听音,素舸郎听到女子这深情的歌唱,一定会欣喜若狂的。

南朝吴越一带,正是吴歌产生、流布的地区,生活在这里的谢灵运不能不受濡染,可以说这就是他创作的两首吴歌。这两首诗以男女赠答方式表白爱情,朴实明朗,热烈健康,一反文人这类作品的忸怩作态。这是生活的反映,它给我们留下了一千五百多年前的风俗画,如果先前读了沈从文《湘行散记》,再来读这两首诗,将会感到分外的亲切和欢欣了。

(汤华泉)

咏　冬

原文

七宿乘运曜，三星与时灭①。
履霜冰弥坚，积寒风愈切②。
繁云起重阴，回飙流轻雪③。
园林粲斐皓，庭除秀皎洁④。
墀琐有凝污，达衢无通辙⑤。

注

① 七宿：指北方玄武七宿斗、牛、女、虚、危、室、壁，恒见于我国北方冬季的夜空。乘运曜：按各自轨道闪烁。三星：指参宿三星，为西方白虎七宿之尾。与时灭：二十八宿是相递运行的，当白虎七宿之尾——参宿下去（灭）之后，依次出来的便是玄武七宿。

② “履霜”句：语出《周易·坤卦》初六爻辞：“履霜，坚冰至。”履霜，踩踏霜雪。积寒：聚集寒气。《淮南子》：“北方有北极之山，曰寒门。”寒门，高诱注：“积寒所在。”切：急迫，劲急。

③ 重阴：浓重的阴影。回飙：回风。

④ 粲：光亮。斐皓：或指园林里积雪洁白，树影成纹。斐，小纹；皓，洁白。庭除：庭院的台阶。

⑤ 墀琐：指宫殿。涂饰过的地面叫墀，漆画连成环形的门镂叫琐。凝污：污水凝结成冰。达衢：四通八达的街道。

鉴赏

本诗杨勇系于元嘉九年（432）谢灵运自临川往广州的途中，认为是谢灵运“感于命运之蹉跎而作”（杨勇《谢灵运年谱》)，而李运富则径作“闲杂诗”处理，显然是仅仅当作一般的咏物诗而已(李运富《谢灵运集》)。假使如杨勇所言，作于谢灵运翻越大庾岭赴广州途中，那诗中的情景(如宫殿园林等)似乎很难与之对应，再者岭南很少下雪，山野也难有通衢，所以，我们认为《咏冬》或许仅仅是一首普通的咏物诗而已。

咏物和拟古是六朝文学中十分醒目的创作现象，向来蔚为大宗。就咏物来说，可以一群人同题同咏，也可以个人独咏；可以感物兴怀、借景抒情，也可以纯粹地一任描摹而无所寄托。无论何种创作状况，有一点是可以肯定的，那就是，咏物诗大大凸显了中国文学中的情景问题，也训练和加强了中国文学描写景物的技巧与能力。

谢灵运也正是用工笔来描绘冬日之景。他首先从星象写起：当标示着秋天的白虎七宿(包括参宿)退下时，玄武七宿便渐次而出，这也预示着冬天将要隆重登场了。饱学的谢灵运立刻联想到，《周易》“坤卦”爻辞不是有“履霜，坚冰至”吗?《淮南子》中“北极之山”不是有“寒门”吗?所有的凝寒、坚冰都是从那极阴之地带来的吧?这是谢灵运用典的第一重含义。另一重含义是，白虎之尾参宿退出，玄武之首斗宿登场，这是初冬的星象；“坤卦”“初六”的爻辞是“履霜，坚冰至”，谢灵运用初六爻辞来呼应初冬的星象，核心都在“初”上，这是特别恰切和高明的用典。所以，“履霜冰弥坚，积寒风愈切”，不仅语出有典，而且似乎让我们看到了谢灵运精心搜索、串联典故的情态。谢灵运特喜用典，有些典故我们今天已经很难明确，但毫无疑问，发掘其诗歌典故之义，对于了解谢灵运的创作心态、解读其诗，都有重要意义。

接着，谢灵运具体描摹冬景。沉沉的阴云垂下了浓重的黑影，回旋的风带动着飞雪飘零。园林里面白茫茫一片，丫丫树枝留下了雪中的斑斑纹理。用“斐皓”一词来描摹雪中纹理，可谓煞费苦心。然后他写皎洁的殿阁台阶，庭院里也偶有凝冰，院外大道上寂静无人，毫无车马痕迹，“墀琐有凝污，达衢无通辙”，这冰碴和路面，似乎更能反映雪中大地之整洁与安静，谢灵运的世界似乎是进入了入定状态。

按常理，这样的静谧世界，谢灵运必然是心思翻涌、心事重重的，何况他也已经做好了景色描写的铺垫，完全可以顺着写下去，带入自己的情思，表达多样的喜怒哀乐；可是，这首诗却戛然而止了，什么原因？这需要通过对六朝咏物诗的通盘考虑来解析。

六朝咏物诗尽管繁荣、数量众多，但名篇却少，即便如陶渊明、谢灵运这样的大家，其咏物诗也不如唐代以后的咏物诗那样有名。这是因为六朝咏物诗以纯粹的描摹为主，而很少能深入地融入个人情怀、寄托个人感情。六朝作家不是没有情怀可托，而是他们尚未探索出寄托情怀的经验和方法。举例来说，梁代萧纲《咏寒凫》：“回水浮轻浪，沙场弄羽衣。渺渺随山没，离离傍海飞。”萧纲仅仅是描摹了寒凫的几个动态：浮水、弄羽、出没于山海间，这样的寒凫没有任何个性，也谈不上寄托作家的个人感情；而唐代崔涂《孤雁》则完全不同：“几行归塞尽，念尔独何之？暮雨相呼失，寒塘欲下迟。渚云低暗度，关月冷遥随。未必逢矰缴，孤飞自可疑。”这是把旅人的孤独心态投射在孤雁上，赋予孤雁以丰富的心思和感受，这只大雁孤独、犹豫、凄冷、迟疑，楚楚可怜，其个性化的形象醒目而感人。也因此，崔涂的《孤雁》诗就成了广泛传唱的名作了，而萧纲之作则籍籍无名。同样道理，虞世南《蝉》、骆宾王《在狱咏蝉》都是咏物名作，是因为他们的“蝉”自具面貌，有着作家鲜明的个体情思的映射。

由此，再来看谢灵运《咏冬》诗，由于是一味地描摹，而缺少了主体情思，所以，谢灵运的“冬”也仅仅是个冰雪世界而已；这样的冰雪世界，让不同作家去写，除了文采略有不同而外，其整体内容不可能有多大差别；只有渗透着作家独特情感的冰雪世界，才会各有不同。当然，我们这么说，并不是要否定谢灵运以及六朝咏物诗的贡献，毕竟，一代有一代之文学，谢灵运及其所在的六朝咏物诗，是中国咏物诗特定发展时段里的模样，也是六朝文学的特点，更是唐代以后咏物诗的导夫先路者。

（杜志强）

临川被收[1]

原文

韩亡子房奋，秦帝鲁连耻[2]。
本自江海人，忠义感君子[3]。

注

① 元嘉八年(431)冬，谢灵运被外放为临川内史。次年春天，他抵达临川，“在郡游放，不异永嘉”，这给谢灵运的政敌以口实，于是九年九月，司徒刘义康“遣使随州从事郑望生收灵运，灵运执录望生，兴兵叛逸，遂有逆志，为诗曰：‘韩亡子房奋，秦帝鲁连耻。本自江海人，忠义感君子。’追讨禽之，送廷尉治罪。”(《宋书·谢灵运传》)临川被逮捕，意味着谢灵运已经走向了穷途末路。

② “韩亡”句：指韩国灭亡后，张良(字子房)图谋恢复韩国，结交刺客，在博浪沙中狙击秦始皇，未中，遂逃亡，最后佐汉，成为“汉初三杰”之一。“秦帝”句：长平之战后，秦围邯郸，魏晋鄙率军救赵，可晋鄙怯懦，反而派辛桓衍去说服赵国“帝秦”，鲁仲连时在邯郸，他驳斥辛桓衍之说，力阻“帝秦”，后来公子魏无忌杀晋鄙，率军救赵，秦军退。

③ 江海人：遁居世外的人。忠义：应该指张良对韩国、鲁仲连对赵国的忠勇义气。

鉴赏

本诗作于谢灵运临川太守任上被捕时。作为一代才人、临川太守，其被捕问罪，愤激之余，作诗以抒怀，耐人寻味，让人感慨。

谢灵运之被捕，与会稽太守孟顗有关。元嘉五年(428)，谢灵运离京回始宁隐居。隐居期间，他游山玩水，招摇横肆，常常“惊动县邑”（《宋书·谢灵运传》，后文未注明出处者同此）。孟顗（司徒刘义康的岳丈）精信因果，谢灵运也诚心向佛，按理来说，他们应为同道，可谢灵运恃才傲物，鄙视并辛辣挖苦孟顗：“得道应须慧业。丈人生天当在灵运前，成佛必在灵运后。”你年长，但你笨，所以成佛肯定在我后。这明显是人格侮辱！谢灵运与孟顗没有历史恩怨，之所以如此侮辱，完全是其性格所致（杨勇认为孟顗党于徐羡之、刘穆之，其说牵强）。

之后，谢灵运要求在会稽东郭决湖造田，因孟顗的反对而作罢；谢灵运又要决始宁岯崲湖造田，孟顗再次反对。两人因此言语毁伤，仇恨加深。孟顗遂上奏谢灵运谋反。谢灵运紧张了，亲赴建康，上《自理表》以开释。还好，刘义隆知道是诬告，并未深究，可又担心谢灵运回乡扰民，遂安排其为临川太守。时间当在元嘉八年末。问题是，既然刘义隆知道是诬告，那为何不去惩戒诬告者？显然，刘义隆是默许和纵容着诬告，他知道谢灵运怨望朝廷，也知道谢灵运招摇横肆的背后是在要政治态度，所以，孟顗就类似刘义隆在会稽的眼线。

在临川，谢灵运依旧招摇横肆，“在郡游放，不异永嘉”。而且，他还与前东晋临川内史司马协之过从甚密，“久而不止，非隐其事”（《建康实录》卷一二）。这是比较敏感的政治动作。还有记载说谢灵运拉拢临川境内的“晋之疏从（纵）子弟养之，意欲兴晋”（《俄藏敦煌文献》之《文选》

残卷《述祖德》佚名注），即谢灵运组织前晋子弟，图谋不轨。这些记载未必可靠，学人多认为是刘宋朝廷加给谢灵运的莫须有罪名。无论如何，谢灵运还是再次为“有司所奏”，且被逮捕，时间当在元嘉十年八月（李雁《年谱》）。按照此前的逻辑分析，既然谢灵运在永嘉、始宁等地的行为引起了当地官员的不满，刘义隆也在敲打他，那说明朝廷的警告意味明显：不要再招摇，不要再耍态度！但愤激的谢灵运却一仍故态，朝廷当然不再惯着他了。

让人始料未及的是，被捕前，谢灵运居然“兴兵叛逸”，抓起了来捕他的郑望生！郑望生是司徒、彭城王刘义康派的，宰辅刘义康派员，说明逮捕是朝廷的一致意见。逮捕后，刘义康主张处死谢灵运，而刘义隆则考虑到谢玄的功绩，下诏“降死一等，徙付广州”，即免死羁押广州。假如谢灵运在临川真的接纳前晋官员、子弟并图谋兴晋的话，那就是铁板钉钉的死罪，不可能“降死一等”；假如只是招摇横肆、游赏无度、耍政治态度的话，那既可处死他，也可惩戒他。从处理结果看，大致可定，图谋兴晋是子虚乌有。而作为衣冠子弟、公侯才子的谢灵运，没想到自己会沦为阶下囚，他不敢面对，所以才逮捕了郑望生；最终，他还是被“追讨”了回来，付廷尉治罪。廷尉是司法总长，让廷尉来审判，说明这都是国家行为。至此，谢灵运为自己的行为付出了沉重的代价。

被捕前，谢灵运作了“韩亡子房奋，秦帝鲁连耻。本自江海人，忠义感君子”的诗，他想说什么？其内涵该如何索解？

首先，他用张良、鲁仲连之典，用意复杂。秦灭韩之后，张良为韩复仇，在博浪沙中椎击秦始皇，虽然失败，但其忠勇的品质值得高度赞赏。鲁仲连在秦国强势进攻邯郸的情况下，坚决反对尊秦为帝，义正辞严。谢灵运是想用张良、鲁仲连的处境自拟吗？是想用张、鲁针对的秦国来影射刘宋朝廷吗？果真如此，那不就意味着谢灵运真有为晋复仇之意？要不然，临捕前他喊出张良和鲁仲连，还能表达什么意思？

其次，“君子”指谁？谢灵运说，我本遁世之人，无所谓“忠义”；之所以表现出“忠义”，是因“君子”激发而起。确实，在永嘉、始宁、临川时，他是“江海人”，肆意遨游，不停地要态度；现在愤而拒捕，就是想体现“忠义”。为谁“忠义”？为了已亡的司马晋吗？为了被杀的刘义真吗？还是为了甲族贵胄、一代才子的体面和尊严？

从字面来看，最可能的就是为司马晋而“感忠义”：韩国灭亡，有张良复仇；赵国将亡，有鲁仲连伸张正义；司马晋亡，我谢灵运也要伸张正义！问题是，这是在找死啊！难道说谢灵运是要在被捕前做一回“真男人”？按照刘义康罗织罪名的先例来推理，他肯定会进一步狠狠收拾谢灵运的。可是，我们现在却看不到，难道是刘义康偶发慈悲了？这些细节，似乎讲不通。

（杜志强）

临终诗[①]

原文

龚胜无余生，李业有终尽[②]。
嵇公理既迫，霍生命亦殒[③]。
凄凄后霜柏，纳纳冲风菌[④]。
邂逅竟几时，修短非所愍[⑤]。
恨我君子志，不获岩下泯[⑥]。
送心正觉前，斯痛久已忍[⑦]。
唯愿乘来生，怨亲同心朕[⑧]。

注

① 据《宋书·谢灵运传》，谢灵运临川被收，本要处以死罪，但宋文帝刘义隆惜其才，所以才“降死徙广州”。在广州，又被罗织罪名，“诏于广州弃市。临死作诗曰：龚胜无余生……”。

② 龚胜，字君宾，彭城（今江苏徐州）人，西汉大臣、学者，通晓五经，官至光禄大夫、给事中，王莽篡位，授龚胜国子祭酒，龚胜拒不领命，绝食而死。无余生：指死亡。李业，字巨游，梓潼（今绵阳）人，汉平帝时为郎官，王莽时隐居不仕，公孙述称帝于蜀，征李业为博士，李业拒绝，饮药而死。

③ 嵇公：嵇康，字叔夜，谯国铚（今安徽濉溪）人，曹魏时任中散大夫，在“司马昭之心路人皆知”的时代，嵇康不与司马氏合作，被杀。理既迫：指嵇康因政治态度而被迫害。霍生：霍原，字休明，燕国广阳（今北京）人；西晋末，幽州刺史王浚僭位，拉拢霍原，被拒后，将霍原杀害。

④ 凄凄：通“萋萋”，茂盛貌。后霜柏：语出《论语·子罕》“岁寒，然后知松柏之后凋也”。纳纳：濡湿貌。冲风菌：迎风生长的菌类。柏

树长寿,菌类短命,两句言寿夭不同,修短随化。

⑤ 邂逅:偶然遇到。这里指自己地下会遇到龚、李、嵇、霍等人。慜:悲哀。

⑥ “恨我”两句:义同《临川被收》“本自江海人,忠义感君子”。君子志,同“忠义肝君子”。岩下泯,泯于岩下,隐居终老,同“本自江海人”。

⑦ 《宋书·谢灵运传》只引了前十句,后四句见《广弘明集》卷三〇。“送心”句:谓将心奉给“正觉”。正觉,成佛。斯痛,指被杀。

⑧ “怨亲”句:怨者、亲者都能理解。心朕,语出《尚书·康诰》:“朕心朕德,惟互知。”谢灵运截句用典,取其一偏,意指互知、理解。

鉴赏

元嘉十年(433)八月,谢灵运被“降死一等,徙付广州”,其子谢凤、孙谢超宗陪同。年底,在广州,谢灵运再次被收押且被斩于市,一代才子任性的花样人生就此煞尾。

事出之因还是告发。据《宋书》本传载,秦郡府将宗齐受在“涂口”遇见七个鬼祟之人,经审讯得知,他们受谢灵运资助,购置了武器,拟于押送谢灵运的途中,在“三江口”营救谢,结果未见谢灵运,自己也盘缠耗尽,遂沿途为盗。告发明显牵连及谢灵运,谢因此被处死。

告发者是“秦郡府将宗齐受”,其人不详;秦郡郡治今江苏六合县,是京城建康的北大门;“涂口”在六合县瓜埠口,“三江口”即涂水(即滁河)入江口(参陆乔生《〈宋书·谢灵运传〉注》)。也就是说,这帮人拟在押谢灵运出建康不远的江面行动。整个计划设计合理,便于行动,人物、时间、地点、原因等都清楚,形成链条,可以证成谢灵运之罪。

问题是，这貌似完整的罪证，似乎就没人信过。《资治通鉴》卷一二二记载谢灵运之死时，不仅记述“或告灵运令人买兵器，结健儿，欲于三江口篡取之，不果。诏于广州弃市”，同时还评论说：“灵运恃才放逸，多所陵忽，故及于祸。”司马光虽然也难以断定告发者是否在做伪证，可在评论中却说得非常明确：谢之死因是“恃才放逸，多所陵忽”。明代张溥则更为直接：“盖酷祸造于虚声，怨毒生于异代，以衣冠士族，公侯才子，欲倔强新朝，送龄丘壑，势诚难之。”(《百三家集题辞》)张溥认为，谢灵运的悲剧根源是江山“异代”，祸事起因在于“虚声”，谢灵运是以甲族贵胄、旷代才子的身份向新政权要态度。这是目前最受认可的解释。

谢灵运之死让人不感慨也难。首先，他对东晋朝廷有感恩之心是必然的，是东晋培育了谢氏的辉煌。其次，他对刘宋政权由抵触、期待到最后愤激甚至反感，也大致可定。他初仕刘毅，无论如何都隐含着不首选刘裕的初衷；后来，刘裕、刘义隆在位，谢灵运也有期待，他期待着发扬祖德、建功立业；可是，随着他对刘义隆的一次次失望，最终导致愤激以至反感，完全合乎情理。再次，他衣冠贵胄、旷代才子的身份给了他睥睨当世的资本，可他桀骜不驯、招摇横肆的个性又让他无法动心忍性，而且还不断地得罪当政、激化矛盾，以至最终罹祸。第四，所谓孟顗诬告、意欲兴晋、宗齐受告发等事，似乎言之凿凿，可欲加之罪，何患无辞？因为谢灵运非仅得罪一会稽太守，而是惹得当朝皇帝与宰相反感，所以，谢灵运死罪表面上似乎无可辩驳，事实上却是朝廷处心积虑的操作与峻文深宪的罗织结果。第五，谢灵运鲜丽清新、富艳精工的山水诗不仅惊艳了当世，而且还深刻地滋养了中国文学，其俊逸才华与历史贡献，是他历来受到同情和赞誉的根本原因。

由此，再来看谢灵运的《临终诗》。其实，《临终诗》的内涵与《临川被收》几无二致。被捕和临死前说出来的应该都是真话。《临终诗》列举的龚胜、李业、嵇康、霍原四人，都是不屈服于新政权而被杀者(其中李、霍二人是不屈服于割据政权)，谢灵运引述其事，显然是在说，这些风骨凛凛的先贤，就是我的榜样、我的同道，因为我也不屈服于刘宋政权而即将被屠戮。以嵇康为例来看，嵇康倾向于曹魏、反感司马氏，谢灵运是不是也在说，他自己也倾向于司马晋而反感刘宋？如果这样的话，那不就是在向刘义隆等明白宣告：我反对刘宋政权。这显然是自寻死路。即便他是将死之人，他还得顾及子孙的安危，如果真是反叛罪，那刘义隆杀他一家人都有可能。谢灵运为什么这么毫无顾忌地宣告呢？让人费解。比谢灵运小五六岁的族人谢晦，在被杀之前作长赋《悲人道》，其内涵主要是反思生平，愧对列祖，后悔不遵从老庄遗训，完全不似谢灵运《临终诗》这般地尖锐、炸裂。

进而，谢灵运引发人生感慨：人生一世，草木一秋，那万年长青的松柏、匆匆凋零的菌类，不过是各自完成了生命过程、各有寿夭而已，因此，“修短非所愍”，他遗憾的并非寿命长短。那遗憾什么呢？“恨我君子志，不获岩下泯”，即遗憾自己的“君子之志”未能实现，老死岩穴的隐遁之愿未能实现。问题是，“君子志”又有何所指呢？如果联系《临川被收》诗来看，“君子志”与《临川被收》之“感君子”差近，“岩下泯”与“江海人”差近。由此推理，“君子志”应当不是岩栖隐遁之志，而是诗歌开头数句所表达的对新政权的蔑视与反感。当然，谢灵运心中也一直有隐遁之愿，因为这是谢氏家族基因，一脉相传。至此，谢灵运基本完整表达了他的感慨：君子之志、隐遁之愿均未能实现，此生一无所成！当然，这是他的感慨，而在我们看来，他已经算是功成名就了，因为其新丽山水不仅“远近钦慕，名动京师”，且必将长留天壤，注定成为他独有的标签。

最后，谢灵运不无凄然地回到了佛教义理上，说我忍受这刻骨铭心的痛楚已经很久了，此去泉台，一切即将终了，姑且将此一片诚心奉献给佛祖吧！希望来世里，怨我者、亲我者都能够了解我，体谅我。显然，谢灵运是用佛教义理来化解他人生遭际的痛苦，或许，这会让他受刑之前更为平静和从容。但是，以这样的天才，落得这样的下场，千载之下，还是让人难以平静。毕竟，谢灵运不阿谀，不谗佞，不欺压，不为恶，此心光明，却因招摇横肆的性格和消极的政治态度而惨遭杀戮，让人无限叹惋！被杀之前，他当然有愤怒,说出了一些很可能进一步刺激当权者的话,但末了,他还是将一切恩怨都付诸佛理,不仅解脱自己,而且也能一定程度地消弭对统治者的刺激,一定程度地保全儿孙。

结束本文之前,我们还想略缀数语。如前所述,从谢灵运仕履、行为来看,我们的结论是,谢灵运没有反宋复晋的行为,那些关于他为晋复仇的记载是当时的诬告,这也是千年来学人的共识。可从谢灵运《临川被收》和《临终诗》来看,尽管是愤激之语(也应该是真话),但其中显然有着抵触刘宋政权甚至是反宋的意味。这中间的反差是明显的。如果两首诗的表达为真,那就是我们的分析有误;如果我们分析不差,那这两首诗就有问题。事实上,长期以来,对《临川被收》诗真实性的质疑一直就不绝于耳。其间事实之真伪、义理之悬隔,姑待来哲之讨论与解决。

(杜志强)

文

归途赋并序

原文

昔文章之士，多作行旅赋。或欣在观国，或怵在斥徙，或述职邦邑，或羁役戎阵[①]，事由于外，兴不自己。虽高才可推，求怀未惬。今量分告退，反身草泽，经途履运[②]，用感其心。赋曰：

承百世之庆灵，遇千载之优渥[③]。匪康衢之难践，谅跬步之易局[④]。践寒暑以推换，眷桑梓以缅邈[⑤]。褫簪带于穷城，反巾褐于空谷[⑥]。果归期于愿言，获素念于思乐[⑦]。于是舟人告办，伫楫在川[⑧]。观鸟候风，望景测圆[⑨]。背海向溪[⑩]，乘潮傍山。凄凄送归，悠悠告旋[⑪]。时旻秋之杪节，天既高而物衰[⑫]。云上腾而雁翔，霜下沦而草腓[⑬]。舍阴漠之旧浦，去阳景之芳蕤[⑭]。林乘风而飘落，水鉴月而含辉。发青田之枉渚，逗白岸之空亭[⑮]。路威夷而诡状，山侧背而异形[⑯]。停余舟而淹留，搜缙云之遗迹[⑰]。漾百里之清潭，见千仞之孤石[⑱]。历古今而长在，经盛衰而不易。

注

① 观国：观察国情，引申为从政。怵(chù)在斥徙：由于被贬斥迁徙而忧惧。述职邦邑：地方官员赴京汇报职责履行的情况。羁役戎阵：被战时出征的兵役所羁縻。

② 履运：遭逢时运。

③ 优渥(wò)：雨水充足，引申为待遇优厚。

④ 康衢(qú)：大道；喻仕途。跬(kuǐ)步：半步，相当于现在的一步。局：局限，牵绊。

⑤ 桑梓(zǐ)：本指桑树与梓树，宅院旁边多栽种这两种树，因此“桑梓”就成了故乡的代称。缅邈：久远。

⑥ 褫(chǐ)：剥夺。簪带：官帽上的簪针和丝带；这里代指官服、职位。穷城：偏僻的城邑，这里指永嘉郡。

⑦ 愿言：表达自己理想或希望的话。素念：朴素的想法。思乐：代指隐居生活。《诗经·鲁颂·泮水》：“思乐泮水，薄采其芹。”

⑧ 伫楫：停船。楫，本指船桨，这里代指船。

⑨ 望景测圆：观察日影长短以计算时间早晚。

⑩ 背海向溪：谢灵运归途先从东向西北行，然后北上；东边是海，西边是青田溪(永嘉江的上游)。

⑪ 旋：归。

⑫ 旻秋：秋天。旻(mín)：天空。杪(miǎo)节：季节的末尾；这里指深秋九月。杪：树梢，这里指末尾。

⑬ 腓：枯萎。《诗经·小雅·四月》：“秋日凄凄，百卉具腓。”

⑭ 旧浦：原来所在的水滨，指永嘉城。芳蕤(ruí)：草木芳香繁茂。

⑮ 青田：青田溪，在今浙江青田县境，为永嘉江上游。枉渚：曲折的水边地。白岸：白岸亭，在楠溪西南，离永嘉八十余里，以溪岸沙白而得名。

⑯ “异”原作“易”，据《百三家集》改。威夷：同“逶迤”，蜿蜒曲折貌。诡状：形状奇异。

⑰ 淹留：久留。缙云：山名，在今浙江省缙云县境。遗迹：指黄帝遗迹。

⑱ 仞：古代七尺为一仞。

鉴赏

永初三年(422)七月，谢灵运以接交刘义真而被贬为永嘉太守，这是其仕途的重大挫折。起初，谢灵运因不满刘裕对自己“倡优蓄之”的态度，所以才交接情投意合的刘义真，结果却因此被贬，可谓一挫再挫。所以他心情沉重，刚到永嘉即生病一场，次年春才痊愈。在永嘉，谢灵运无心做官，除了生病，就是游山玩水和接交僧侣。即使这样，他也不愿意待在这穷海之地，遂于次年（景平元年〔423〕）九月不顾谢瞻等人的劝阻，毅然称疾辞去永嘉太守，北上返回始宁家园。归途中他搜奇探异，在经过缙云县缙云山时，创作了《归涂赋》。此时谢灵运心情复杂，不满、愤激、失落，五味杂陈，本赋的铺写就是基于这样的心态。

在赋的序言中，谢灵运明确地说这是一篇“行旅赋”，不过以往的行旅赋只侧重人事描写，人为事役，而谢灵运的行旅赋则侧重描写自然景物和心灵。这也是本赋立意上的特异之处。

赋文开头写得冠冕堂皇，说时世很好，皇恩浩荡，自己窜身边邑只是能力所限。出于对桑梓的眷恋，他才“量分告退”，辞官归里，准备过素所向往的隐居生活。很明显，谢灵运试图在文中过滤掉心中的不满、愤激和失落，但是，诸如辞官、游山玩水等行为，却一再反映出他心里的愤激难静，所以他才需要去山水中寻求暂时的安慰。当然，我们也不得不承认，谢灵运有着敏感且欣喜于山水的天才素质，这种素质与山水之间有着天然的亲和感，因此，当看到缙云山周围的山水风物时，他像涸泽之鱼忽逢重渊一般，忘掉了官场的失落，使心灵宁静地栖息在湖山徜徉中。

赋中的山水描写简短、丰富而优美，如“观鸟候风，望景测圆。背海向溪，乘潮傍山”数句，将作者投身自然后欣喜而率真的情态灵动地呈现出来，他观飞鸟，查风向，望海日，测日影，溯溪而行，趁着涨潮时分登上缙云山，与大自然亲密无间地融合在一起，这与其诗句“倾耳聆波澜，举目眺岖嵚”（《登池上楼》）如出一辙。“云上腾而雁翔，霜下沦而草腓”“林乘风而飘落，水鉴月而含辉”数句不仅绘景如画，而且也透视出作者下定决心离开官场后的轻松的解脱感，作者那颗像自然界里的草木鱼鸟一样自由洒脱的心灵，似乎跃然纸上。他兴味盎然，“舍阴漠之旧浦，去阳景之芳蕤”“发青田之枉渚，逗白岸之空亭”“停余舟而淹留，搜缙云之遗迹”，其中“舍”“去”“发”“逗”“停”“搜”等动态词语，真切反映出他寻山问水、访奇探幽的天真意趣。可以说，谢灵运描写山水的诗文之所以惊艳当时，不仅是他“清水芙蓉”“富艳精工”的山水审美描写，而且还在于他与山水亲密无间的精神气质。“我与山灵相对笑”，山灵知我，江山不负我，山水成了谢灵运倾诉、交流的罕逢知己，而谢灵运也终究没有辜负江山，永嘉、始宁一带的秀水青山，在谢灵运之后才开始走进了人文世界，辉映成一道千载难觅的亮丽风景。

（杜志强）

伤己赋

原文

嗟夫，卞赏珍于连城，孙别骏于千里[①]。彼珍骏以贻爱，此陋容其敢拟[②]。丁旷代之渥惠，遭谬眷于君子[③]。眺徂岁之骤经[④]，睹芳春之每始。始春芳而羡物，终岁徂而感已。貌憔悴以衰形，意幽翳而苦心[⑤]。出衾裯而载坐，辟襜幌以迥临[⑥]。望步檐而周流，眺幽闺之清阴。想轻綦之往迹，餐和声之余音[⑦]。播芬烟而不熏，张明镜而不照[⑧]。歌《白华》之绝曲，奏《蒲生》之促调[⑨]。

注

① 卞：指春秋时期楚人卞和。赏珍于连城：能赏识鉴别价值连城的珍宝。据《韩非子·和氏》载，卞和发现一块璞玉，先后献给楚厉王、武王，都被认为是欺诈而砍掉双脚；楚文王继位，卞和抱璞哭于荆山之下，文王召见卞和，使人加工璞玉，果为宝玉，称为和氏璧。孙：指春秋时秦人孙阳，又称伯乐。别骏于千里：能识别日行千里的骏马。据《庄子·马蹄》载，伯乐善于相马和驭马。谢灵运感叹和氏璧和千里马都有人发现和识别，其实是在感叹自己和刘义真之间的性情相投、惺惺相惜。

② 彼：代指卞和与孙阳。珍骏：珍宝和骏马。陋容：谢灵运自己谦称。

③ 丁：遇上。渥（wò）惠：丰厚的恩惠。谬眷：错爱。君子：指刘义真。

④ 徂岁：过去的年月。徂：往。

⑤ 幽翳：压抑郁闷。

⑥ 衾(qīn)：被子。裯(chóu)：单被。载坐：坐，“载”字无义。辟：拉开。襜(chān)幌(huǎng)：帘子。襜，通“幨”，帘子。迥临：眺望远处。

⑦ 轻綦(qí)：轻快的脚步。綦：鞋带。餐：这里指听、欣赏。和声：这里当指谢灵运与刘义真等在一起时的欢畅的声音或音乐。

⑧ 芬烟：用香草烧出的烟。不熏、不照：暗喻刘义真被杀后的冷清。

⑨ “之”原作“而”，据《百三家集》改。白华：指《诗经·小雅·白华》一诗。周幽王娶了褒姒以后，就抛弃了申后，申后遂作此诗以表达被抛弃后的怨情。绝曲：极美好的乐曲。蒲生：古乐府有《蒲生歌》，曹植的乐府诗《浮萍篇》又名《蒲生行》，魏文帝甄皇后《塘上行》有“蒲生我池中，蒲叶何离离”的句子，两首诗都是写女人被疏远后的幽怨之情。促调：节拍急促的乐曲。谢灵运被打击、外放、疏远，其幽怨之情与《白华》诗、《蒲生》曲所表达的感情很相似，因而婉转地借用古诗来表达。

鉴赏

本赋作于景平二年(即元嘉元年，424)六月庐陵王刘义真被杀之后。刘义真、谢灵运、颜延之、释慧琳四人情趣相投，过从甚密，刘义真曾说：“得志之日，以灵运、延之为宰相，慧琳为西豫州都督。”(《宋书·庐陵王义真传》)所谓“得志之日”，就是登基称帝。虽然此时的刘义真仅仅是个十六岁的青年，“得志之日”的说法也似乎近于儿戏，但至少能反映出他们四人的关系非同一般。永初三年(422)五月刘义符继位后，即将这个四人集团拆散，谢灵运外放永嘉，颜延之出贬始安，慧琳出到苏州，刘义真贬为庶人，徙新安郡，景平二年六月被杀于新安。在始宁乡居的谢灵运得到这个消息后，遂作此赋以寄托哀思；从“终岁徂而感己”一句来推测，本赋可能作于此年岁末。

刘义真之被杀，对于谢灵运来说是一个沉重的打击。谢灵运渴望一个能像知音一样赏识他的统治者，刘义真基本能做到这样，所以谢灵运在刘义真身上寄托了较高的期望。而刘义真被杀，不仅使谢灵运少了一个知音般的统治者，而且也包含有刘宋当局对谢灵运、颜延之等人的警告，因此谢灵运的心情十分悲伤，然则赋中流露出兔死狐悲、伤人亦伤己的感情也就在情理之中了。

谢灵运对刘义真的怀念是真诚的。他用卞和与和氏璧、伯乐与千里马的典故来比喻自己与刘义真的关系，自谦地说自己才智拙劣，难比和氏璧、千里马，是刘义真的错爱才使得自己有机会与刘义真交往，这样的说法显然是包含着对刘义真的感激与怀念。“眺徂岁之骤经，睹芳春之每始”，“骤经”一词，隐含着谢灵运回忆往昔时的复杂心态：岁月匆匆，物换星移，分别已两年多，两年中他从建康到永嘉，从永嘉到始宁，承受着从未有过的愤激与失落，然而，他没有等到仕途的转机，却等来了友人被杀的恶信，所以，他“始春芳而羡物，终岁徂而感己”，在岁末始分，不仅伤感友人，而且也感慨和担忧自己的命运。他以憔悴衰病之躯企图去安顿幽翳凄苦之心，但显然这难以实现，所以他漫步散心，“出衾裯而载坐，辟襜幌以迥临。望步檐而周流，眺幽闺之清阴”，其中“出”“辟”“望”“眺”四个动态，反映出谢灵运心理的极度不平静；按照以往写山水诗赋的习惯,在这些动态下,谢灵运都会有惊艳的景物描写,但此时他心绪低落,伤人伤己,无心写景,所以接以怀念刘义真的文句:“想轻綦之往迹,餐和声之余音。播芬烟而不熏,张明镜而不照。”以前一起交往时欢快的脚步和相合的笑语似乎浮现在心海,但转念一想,现实毕竟是现实,故人已经像寂灭的薰烟难觅其踪,徒留明镜空悬,他已经不能再来镜子前妆饰临照了。谢灵运以明镜空悬来怀念故人,具有很强的表现效果,与萧纲用“金刀掩芒”来比喻故人离世(《与湘东王论王规令》),可谓异曲同工。

文末,谢灵运以相传是周幽王申后所作的《诗经·小雅·白华》诗和魏文帝甄皇后所作的《塘上行》诗,申述自己心中的怨情。他被打击、疏远,其情形确有似申后与甄后的遭遇,所以他婉转地借用古诗来表达。之所以要表达,其实还是想传达出希望能得到统治者再次赏识的期盼。这种隐曲的表述,与向秀《思旧赋》有相似之处。究其因,谢灵运与向秀都失去了好朋友,遭际十分相似,但又不敢直言怨愤,所以只能吞吞吐吐、欲言又止。

赋文中谢灵运用时光流逝、高殿幽隐等来烘托自己的志士苦心,末尾引诗也使文意袅袅不绝,这种写法多少让我们感受到了楚辞幽怨的流风余韵。王世贞认为“灵运语俳而气古,玄晖调俳而气今”(《艺苑卮言》卷四),其所谓“气古”是就谢灵运诗而言,但用来评价这篇赋,亦恰如其分。

(杜志强)

谢灵运生平

与

文学创作年表

【纪　　年】晋孝武帝太元十年(385)乙酉
【年　　岁】1
【生平经历】约8月生于会稽郡始宁县谢家老宅。
【主要作品】
【相关大事】从曾祖谢安卒。

【纪　　年】太元十一年(386)丙戌
【年　　岁】2
【生平经历】居会稽始宁。
【主要作品】
【相关大事】祖父谢玄还镇淮阴。晋恭帝司马德文生。好友雷次宗生。

【纪　　年】太元十二年(387)丁亥
【年　　岁】3
【生平经历】居会稽始宁。
【主要作品】
【相关大事】祖父谢玄抱病还乡,开始在始宁经营东山别业。8月司马德宗立为太子。

【纪　　年】太元十三年(388)戊子
【年　　岁】4
【生平经历】初居始宁,后转至钱塘(今浙江杭州)。
【主要作品】
【相关大事】正月康乐公谢玄卒。十二月,谢安之弟、谢玄从叔谢石卒。

【纪　　年】太元十四年(389)己丑
【年　　岁】5
【生平经历】寄养于钱塘灵隐山杜明师道馆。
【主要作品】

【相关大事】父谢瑍卒。

【纪　　年】太元十五年(390)庚寅
【年　　岁】6
【生平经历】居钱塘灵隐山,从杜明师生活、读书。
【主要作品】
【相关大事】从弟谢晦生。

【纪　　年】太元十六年(391)辛卯
【年　　岁】7
【生平经历】居钱塘灵隐山,从杜明师生活、读书。
【主要作品】
【相关大事】袭封康乐公。开始阅读各种文章典籍,对道家尤多偏爱。

【纪　　年】太元十七年(392)壬辰
【年　　岁】8
【生平经历】在钱塘从杜明师修道、读书、写作,已熟练掌握各种文体。
【主要作品】
【相关大事】从弟谢弘微生。

【纪　　年】太元十八年(393)癸巳
【年　　岁】9
【生平经历】居钱塘杜明师处。
【主要作品】
【相关大事】正月初一地震,二月二十八日又地震。

【纪　　年】太元十九年(394)甲午
【年　　岁】10
【生平经历】居钱塘杜明师处,学业精进。

【主要作品】
【相关大事】

【纪　　年】太元二十年(395)乙未
【年　　岁】11
【生平经历】居钱塘杜明师处。
【主要作品】
【相关大事】会稽王司马道子专权奢纵,朋党竞起。

【纪　　年】太元二十一年(396)丙申
【年　　岁】12
【生平经历】居钱塘杜明师处。
【主要作品】
【相关大事】五月从祖谢琰为尚书左仆射。九月孝武帝为张贵人所杀。九月,太子司马德宗嗣位,是为安帝。

【纪　　年】晋安帝隆安元年(397)丁酉
【年　　岁】13
【生平经历】居钱塘杜明师处。
【主要作品】
【相关大事】太元二十二年(397)正月,改元隆安。

【纪　　年】隆安二年(398)戊戌
【年　　岁】14
【生平经历】居钱塘杜明师处。
【主要作品】
【相关大事】范晔生。

【纪　　年】隆安三年(399)己亥
【年　　岁】15
【生平经历】由钱塘至京师建康,入住乌衣巷。因多年客居在外,故被族人称为“客儿”。与族叔谢混,从兄弟谢晦、谢曜、谢瞻、谢弘微等游处,人称“乌衣之游”。有心拜庐山慧远法师为师,因地域阻隔未果。

【主要作品】

【相关大事】3 月,杜明卒。谢混作《诫子诗》,警戒灵运等一班子侄。法显赴印度求经。

【纪　　年】隆安四年(400)庚子

【年　　岁】16

【生平经历】居建康,颇有文名。《宋书·谢灵运传》:“文章之美,江左莫逮,从叔混特知爱之。”时做乌衣之游,性豪奢。车服鲜丽,引领时尚。好臧否人物。曾于族叔谢混座上见到羊欣。

【主要作品】

【相关大事】二月,以桓玄为都督荆、司、雍等八州军事,荆、江二州刺史。大画家顾恺之入桓玄幕。五月,孙恩来犯,从祖谢琰为叛敌部将所杀,二子谢肇、谢峻亦同时遇害。

【纪　　年】隆安五年(401)辛丑

【年　　岁】17

【生平经历】居建康。除员外散骑侍郎,不就。

【主要作品】

【相关大事】龟兹僧鸠摩罗什至长安,后秦姚兴以国师之礼待之,使译佛经。范宁卒。

【纪　　年】晋安帝元兴元年(402)壬寅

【年　　岁】18

【生平经历】居建康。

【主要作品】

【相关大事】桓玄反,入建康,杀会稽王道子及其子元显等。

【纪　　年】元兴二年(403)癸卯
【年　　岁】19
【生平经历】居建康,与族叔谢混并众从兄弟游处。
【主要作品】
【相关大事】桓玄篡晋。刘义庆生。

【纪　　年】元兴三年(404)甲辰
【年　　岁】20
【生平经历】居建康。
【主要作品】
【相关大事】从兄谢瞻为刘裕镇军参军。刘裕、刘毅起兵反桓玄,桓玄兵败被杀。

【纪　　年】晋安帝义熙元年(405)乙巳
【年　　岁】21
【生平经历】居建康。为琅邪王司马德文大司马行参军。
【主要作品】
【相关大事】正月,改元义熙,安帝重回建康。司马德文为大司马,武陵王司马遵为太保,刘裕为侍中、车骑将军,都督中外军事。从兄谢瞻、从弟谢弘微亦任琅邪王大司马参军。

【纪　　年】义熙二年(406)丙午
【年　　岁】22
【生平经历】居建康。为琅邪王大司马行参军。
【主要作品】
【相关大事】刘裕为豫章郡公,刘毅为南平郡公。

【纪　　年】义熙三年(407)丁未
【年　　岁】23
【生平经历】居建康。为琅邪王大司马行参军。

【主要作品】
【相关大事】从弟谢惠连生。顾恺之谢世。殷仲文被杀。刘裕次子刘义隆、刘义真生,二人为异母兄弟。

【纪　　年】义熙四年(408)戊申
【年　　岁】24
【生平经历】入刘毅军幕,由健康至姑熟(今安徽当涂)。
【主要作品】
【相关大事】琅邪王德文领司徒。刘裕入朝,独揽大权。

【纪　　年】义熙六年(410)己酉
【年　　岁】26
【生平经历】居刘毅军幕。
【主要作品】
【相关大事】刘裕破南燕广固城,南燕亡。

【纪　　年】义熙七年(411)辛亥
【年　　岁】27
【生平经历】随刘毅移镇豫章(今江西南昌),间或到寻阳,入庐山与慧远相见。
【主要作品】
【相关大事】刘裕受太尉、中书监,以灵运从弟谢晦为太尉参军,深加赏爱。

【纪　　年】义熙八年(412)壬子
【年　　岁】28
【生平经历】居刘毅军幕,由豫章至江陵(今湖北荆州),由记事参军擢升卫军从事中郎。随刘毅至京口,由京口再至江陵。十一月刘裕抵江陵,将灵运为自己幕下的太尉参军。
【主要作品】有《答中书》《愁霖》诗。

【相关大事】从叔谢混、谢纯并死于非命。四月,刘裕为荆州刺史,移镇江陵。五月,慧远于庐山东林寺建佛影台。九月,刘裕动手剪除刘毅一党,谢混遇害。十月刘毅被刘裕打败,自缢而死。谢瞻有《答灵运》诗。

【纪　　年】义熙九年(413)癸丑
【年　　岁】29
【生平经历】二月,随刘裕自江陵返京,入朝为秘书丞。与法显见面。
【主要作品】有《佛影铭并序》文。
【相关大事】刘裕第五子刘义恭生。

【纪　　年】义熙十年(414)甲寅
【年　　岁】30
【生平经历】居建康。坐事免秘书丞。
【主要作品】
【相关大事】鲍照生。

【纪　　年】义熙十一年(415)乙卯
【年　　岁】31
【生平经历】居建康,入刘道怜军幕,为谘议参军,后转中书侍郎。
【主要作品】有《赠从弟弘元时为中军功曹住京》《赠从弟弘元》《赠安成》诗。
【相关大事】谢瞻有答诗《于安成答灵运》。

【纪　　年】义熙十二年(416)丙辰
【年　　岁】32
【生平经历】居建康,为世子中军谘议,黄门侍郎。仲冬奉使往彭城劳军,岁末居彭城。
【主要作品】有《慧远法师诔》《庐山法师碑》文。

【相关大事】八月，从叔谢裕卒。八月刘裕北伐姚秦。八月，慧远卒。

【纪　　年】义熙十三年(417)丁巳
【年　　岁】33
【生平经历】居建康，在黄门侍郎任上。正月，刘裕引水师发彭城西征，灵运为大军送行，之后返京。
【主要作品】有《撰征赋》。
【相关大事】从弟谢惠连十一岁，能属文，灵运深相爱赏。

【纪　　年】义熙十四年(418)戊午
【年　　岁】34
【生平经历】转为刘裕的宋国黄门侍郎，由建康来到彭城。这年前后，患消渴之疾。
【主要作品】有《九日从宋公戏马台集送孔令》《彭城宫中直感岁暮》《岁暮》诗。
【相关大事】六月，刘裕受相国、宋公、九锡之命，从弟谢晦为右卫将军。十二月刘裕使人缢杀司马德宗，扶其弟司马德文即位，史称恭帝。

【纪　　年】晋恭帝元熙元年(419)己未
【年　　岁】35
【生平经历】改任世子左卫率，由彭城返回建康，因擅杀门人，遭弹劾而免官。
【主要作品】
【相关大事】从兄谢瞻任豫章太守。七月，刘裕晋爵为宋王。

【纪　　年】晋恭帝元熙二年，宋武帝永初元年(420)庚申
【年　　岁】36
【生平经历】免官居建康。刘裕篡晋后，由康乐县公降为县侯。再起为散骑常侍，太子左卫率。

【主要作品】有《庐山法师碑》《谢封康乐侯表》文。
【相关大事】四月,晋恭帝征宋王刘裕入朝辅政。六月刘裕篡晋国号宋,改元永初。

【纪　　年】永初二年(421)辛酉
【年　　岁】37
【生平经历】居建康,在太子左卫率任上。三月,刘裕宴群臣于西池,灵运、颜延之预宴赋诗。宋无名氏《释常谈》引谢灵运语曰:“天下才有一石。曹子建独占八斗。我得一斗,天下共分一斗。”
【主要作品】有《三月三日侍宴西池》《拟魏太子邺中集》(八首)诗。
【相关大事】正月,以扬州刺史庐陵王义真为司徒。九月,零陵王司马德文(原晋恭帝)被杀。从兄谢瞻卒。从子谢庄生。

【纪　　年】永初三年(422)壬戌
【年　　岁】38
【生平经历】七月,离开建康出守永嘉。冬,肺病发作,于郡斋卧病,读书。
【主要作品】有《宋武帝诔》《答弟书》文,有《永初三年七月十六日之郡初发都》《邻里相送至方山》《过始宁墅》《游岭门山》《富春渚》《初往新安至桐庐口》《晚出西射堂》《登永嘉绿嶂山》《石室山》诗。
【相关大事】五月,刘裕崩。刘义符即位,史称少帝。六月,以傅亮为中书监、尚书令,灵运从兄谢晦领中书令,族叔谢方明为丹阳尹。六月,太尉长沙王刘道怜卒。

【纪　　年】宋少帝景平元年(423)癸亥
【年　　岁】39
【生平经历】在永嘉太守任,九月称疾去职,归隐始宁故宅。行前为庠序学生讲学。结识王弘之、孔淳之、阮万龄。

【主要作品】有《登池上楼》《种桑》《东山望海》《登上戍石鼓山》《过白岸亭》《读书斋》《游赤石进帆海》《舟向仙岩寻三皇井仙迹》《游南亭》《登江中孤屿》《白石岩下径行田》《行田登海口盘屿山》《过瞿溪山饭僧》《命学士讲书》《白亭与吏民别》《初去郡》《东阳溪中赠答》《述祖德》等诗，及《辞禄赋》《归途赋》，并有《游名山志》（隋以后完帙不传，有零章断简散见于类书）、《居名山志》文（隋以后不传）。

【相关大事】族叔谢方明由丹阳尹转官会稽太守。

【纪　　年】**宋少帝景平二年，宋文帝元嘉元年（424）甲子**

【年　　岁】40

【生平经历】居会稽始宁。扩建庄园，迎从弟惠连至始宁同住。邀昙隆法师同游。

【主要作品】有《山居赋》《伤己赋》

【相关大事】二月，庐陵王刘义真被废为庶人，徙新安（今浙江淳安县西）。五月少帝刘义符废为营阳王，徙吴郡（今苏州）安置。六月，刘义符、刘义真被杀。七月，徐羡之等迎刘裕第三子宜都王刘义隆回建康即位，史称宋文帝，改年号为元嘉。

【纪　　年】**元嘉二年（425）乙丑**

【年　　岁】41

【生平经历】居会稽始宁墅，优游山水间。

【主要作品】《山居赋并注》上年动笔，本年完成。与法勖、僧维、慧严、慧琳、法纲、王弘等辩论宗义，力主竺道生顿悟新说，著《辨宗论》。另有《和范光禄祇洹像赞三首》《和从弟惠连无量寿佛颂》《于南山往北山经湖中瞻眺》《从斤竹涧越岭西行》诗，及《答范特进书送佛赞》文。

【相关大事】

【纪　　年】元嘉三年(426)丙寅
【年　　岁】42
【生平经历】应征入京,为秘书监。入京途中过丹徒(今江苏镇江),谒庐陵王墓。在秘书监任上整理图书,并受命撰写《晋书》,成书三十卷,今已不传。造四部目录。冬,文帝诏灵运、颜延之拟作乐府《苦寒行》。
【主要作品】有《庐陵王墓下作》《初至都》《还旧园作见颜范二中书》,受命作《庐陵王诔》、乐府《苦寒行》。《晋书》三十卷。
【相关大事】正月,徐羡之、傅亮以废杀少帝、庐陵王事被文帝刘义隆论以死罪。二月,刘义隆发兵西上,讨伐谢晦。谢晦败,被杀。范泰进位侍中、左光禄大夫。三月,帝还建康,征灵运为秘书监、颜延之为中书侍郎。从弟谢弘微成为文帝重臣。族叔谢方明卒。

【纪　　年】元嘉四年(427)丁卯
【年　　岁】43
【生平经历】居京城,在秘书监任上。二月,从文帝谒京口兴宁祖陵,登北固山。伪造王羲之书字,当在任职秘书监期间。迁侍中,文帝赏遇优厚。不满于文臣地位,开始称疾不朝,在家大兴土木,驱使公役;或不告假即出郭远游,经旬不归。
【主要作品】有《从游京口北固山应诏》。
【相关大事】从兄谢曜卒。友王弘之卒。陶渊明卒。

【纪　　年】元嘉五年(428)戊辰
【年　　岁】44
【生平经历】本年解职,由京师还归始宁。春,文帝对灵运称疾不朝值等表现不满,示意他自动解职,灵运乃上表称疾,上赐假东归。行前,上《劝伐河北书》。居家大肆游宴。终遭弹奏免官。居家与从弟惠连,及何长瑜、荀雍、羊璇之共为山泽之游,人称“四友”。

【主要作品】有《劝伐河北书》文，有《入东道路》《还故山入石壁中寻昙隆道人有诗一首十一韵》《作离合》诗。
【相关大事】六月，以王弘为卫将军，开府仪同三司。八月，好友范泰卒。

【纪　　年】元嘉六年(429)己巳
【年　　岁】45
【生平经历】居会稽始宁墅，优游山水间。与孔淳等饮酒、裸身大呼，会稽太守孟顗派人劝阻，遭灵运怒叱。秋九月，往游天姥山，从者数百人，“伐木开径，直至临海”，故临海太守以为山贼。
【主要作品】有《七夕咏牛女》《登临海峤初发强中作与从弟惠连，见羊何共和之》诗。《游名山志》中《强中》《天姥山》二则。
【相关大事】祖冲之生。

【纪　　年】元嘉七年(430)庚午
【年　　岁】46
【生平经历】灵运居始宁，仍大兴土木，大肆遨游。春，石门山新居落成。
【主要作品】有《酬从弟惠连》《答谢惠连》《石门岩上宿》《石门新营所住，四面高山，回溪石濑，修竹茂林》《登石门最高顶》诗。
【相关大事】正月，谢惠连被征为彭城王刘义康法曹参军。竺道生由虎丘至庐山。

【纪　　年】元嘉八年(431)辛未
【年　　岁】47
【生平经历】由始宁赴京辩诬，文帝留灵运在京参与北本《涅槃经》改治润色，年底出守临川，任临川内史。孟顗上书文帝，说灵运有异志，并大张旗鼓，摆出防御之势。文帝知灵运见诬(《宋书・谢灵运传》：“太祖知其见诬，不罪也。”)。
【主要作品】有《十四音训叙》《金刚般若经注》《罗浮山赋并序》《感孝赋》，另有《初发石首城》诗。
【相关大事】

【纪　　年】元嘉九年(432)壬申
【年　　岁】48
【生平经历】赴临川任，在郡遨游，不异永嘉。春，赴任途中，由长江入彭蠡湖，道经庐山，重游故地，登庐山大林峰，或与隐居庐山之故友雷次宗相见。夏，抵达临川。秋，游华子冈。
【主要作品】有《道路忆山中》《入彭蠡湖口》《登庐山绝顶望诸峤》《大林峰》《初发入南城》《入华子冈是麻源第三谷》《题落峭石》《送雷次宗诗》诗，作《游名山志》中《临川郡·华子冈》条。
【相关大事】

【纪　　年】元嘉十年(433)癸酉
【年　　岁】49
【生平经历】在临川遭察举，又兴兵拒捕，被擒后徙付广州。复为有司所奏，诏于广州行弃市。
【主要作品】有《昙隆法师诔并序》《临川被收》诗。
【相关大事】正月，从弟谢弘微、谢惠连卒。夏，昙隆法师远道探望灵运，未得相见，染病而亡。

(木　叶)

图书在版编目(CIP)数据

谢灵运诗文鉴赏辞典 / 上海辞书出版社文学鉴赏辞典编纂中心编. -- 上海 ：上海辞书出版社，2024.
(中国文学名家名作鉴赏精华). -- ISBN 978-7-5326-6229-6

Ⅰ. I207.22

中国国家版本馆 CIP 数据核字第 2024QS6883 号

谢灵运诗文鉴赏辞典

上海辞书出版社文学鉴赏辞典编纂中心　编

责任编辑　刘小明
装帧设计　姜　明
责任印制　楼微雯

出版发行　上海世纪出版集团
上海辞书出版社®（www. cishu. com. cn）
地　　址　上海市闵行区号景路 159 弄 B 座(邮政编码：201101)
印　　刷　上海盛通时代印刷有限公司
开　　本　889 毫米×1092 毫米　1/32
印　　张　7.625
字　　数　138 000
版　　次　2024 年 7 月第 1 版　2024 年 7 月第 1 次印刷
书　　号　ISBN 978-7-5326-6229-6/I·581
定　　价　68.00 元